Bianca

MARCADA POR SUS CARICIAS

SARA CRAVEN

Editado por Harlequin Ibérica.
Una división de HarperCollins Ibérica, S.A.
Núñez de Balboa, 56
28001 Madrid

© 2017 Sara Craven
© 2017 Harlequin Ibérica, una división de HarperCollins Ibérica, S.A
Marcada por sus caricias, n.º 2573 - 4.10.17
Título original: The Innocent's Shameful Secret
Publicada originalmente por Mills & Boon®, Ltd., Londres.

I.S.B.N.: 978-84-9170-108-8
Depósito legal: M-22213-2017
Impresión en CPI (Barcelona)
Fecha impresion para Argentina: 2.4.18
Distribuidor exclusivo para España: LOGISTA
Distribuidores para México: CODIPLYRSA y Despacho Flores
Distribuidores para Argentina: Interior, DGP, S.A. Alvarado 2118.
Cap. Fed./Buenos Aires y Gran Buenos Aires, VACCARO HNOS.

Capítulo 1

S ELENA vio la carta en cuanto abrió la puerta. El sobre azul de correo aéreo destacaba sobre la estera marrón.

Se detuvo en seco al reconocer el sello griego y se le contrajo el estómago cuando apareció en su mente la imagen de altas columnas que se erguían bajo el cielo azul y la hierba oculta entre las piedras caídas a sus pies. Y el suave murmullo de una voz masculina bajo el sol, y la caricia de unas manos y unos labios, y el roce de una piel cálida y desnuda con la suya.

Ahogó un grito y soltó la bolsa de plástico que llevaba en la mano. Los limones que había en ella rodaron por el vestíbulo. Selena pensó que la carta solo podía ser de Millie. La alarma que había sentido se vio sustituida por un creciente enfado.

Casi un año de silencio. Y ahora, ¿qué? ¿Otra sarta de recriminaciones y acusaciones como la que su hermana le había lanzado en la última y desastrosa conversación telefónica que habían tenido?

«Es culpa tuya», la había acusado Millie llorando. «Tendrías que haberme ayudado, pero te has portado como una idiota descerebrada y lo has echado todo a perder para las dos. No te perdono y no quiero volver a verte».

Y le había colgado el teléfono con tanta fuerza que el ruido había parecido provenir de la habitación de al lado, no de una taberna a miles de kilómetros, en una lejana isla griega. Y Selena sabía que no hubiera podido alegar mucho en su defensa, suponiendo que su hermana hubiera estado dispuesta a escucharla, ya que, en efecto, se había portado como una idiota.

Sin embargo, había sufrido por su comportamiento de un modo que Millie no podía imaginarse, porque, desde aquella llamada, no había habido ningún intento de comunicación hasta ese momento.

Estuvo tentada de dejar la carta donde estaba, pisarla y entrar en el salón para comenzar la nueva vida en la que había estado pensando mientras volvía a su casa en autobús.

Pero la carta no se desintegraría ni se evaporaría. Y, a pesar de todo, le picaba la curiosidad.

Se agachó y la recogió, cruzó el salón y la dejó en la encimera de la cocina antes de llenar el hervidor para calentar agua.

Pensaba haberse preparado una jarra de limonada fría y tomársela en el pequeño patio para celebrar tranquilamente que iba a comenzar de cero. Sin embargo, lo que necesitaba en aquel momento era cafeína, se dijo, al tiempo que sacaba el paquete de café del armario.

Mientras el agua se calentaba, volvió al vestíbulo a recoger los limones y los puso en el frutero.

Había sido una estúpida al asustarse de aquella manera. ¿Había pensado ni por un momento que...?

«No sigas por ahí», se dijo con dureza. «Ni ahora ni nunca».

Se preparó un café y salió al patio. Se sentó en el viejo banco de madera mientras recapitulaba los sucesos de la mañana e intentaba recuperar el optimismo.

Se había quedado sola en el aula de la señorita

Forbes pensando, angustiada, en qué iba a ocupar las vacaciones de verano de seis semanas sin sueldo que la esperaban, cuando entró la señorita Smithson, la directora del colegio.

–Lena, la semana pasada nos enteramos de que Megan Greig ha decidido no reincorporarse cuando acabe la baja por maternidad. Su puesto de profesora de apoyo ha pasado a ser permanente, en vez de temporal, y hemos decidido ofrecértelo –sonrió–. Has trabajado mucho y te has convertido en un miembro del equipo. Todos queremos que continúes con nosotros y esperamos que lo hagas.

–Pues claro –Selena estaba aturdida, ya que esperaba volver a estar sin trabajo y, probablemente sin casa cuando llegara la Navidad–. Me parece estupendo.

La señorita Smithson sonrió aliviada.

–Entonces, todos contentos. La semana que viene recibirás la confirmación oficial. Nos vemos el trimestre que viene.

La euforia le había durado a Selena mientras volvía a casa y hasta que había abierto la puerta.

No le apetecía que su hermana le echara otro sermón ni, la otra posibilidad a tener en cuenta, que le pidiera dinero. Si era así, Millie se llevaría una desilusión, ya que estaba sin blanca.

«Además», pensó, «tengo que considerar cuáles son mis prioridades, como, por ejemplo, buscar otro sitio para vivir donde se permita tener niños y animales».

Recordó que Millie y ella siempre habían querido tener una mascota, pero la tía Nora se había negado, probablemente porque pensaba que ya era suficiente con hacerse cargo de sus dos sobrinas huérfanas.

Con el paso de los años, Selena se había dado cuenta de que la señorita Conway había ofrecido un hogar a las hijas de su difunta hermana por sentido del deber, no porque les tuviera afecto. Y también por interés personal.

Su papel como pilar de la comunidad de Haylesford se habría resentido si se hubiera corrido la voz de que había llevado a sus sobrinas a un orfanato. Mucha gente habría pensado que la caridad comenzaba por uno mismo.

A los once años, destrozada por la muerte de sus padres, atropellados por un conductor que se había dado a la fuga, a Selena no le había importado dónde fueran a parar Millie y ella ni lo que les fuera a suceder, siempre que estuvieran juntas, a pesar de que eran totalmente diferentes, tanto en el físico como en la forma de ser.

Millie, dos años más joven que ella, era guapa, baja, llena de curvas rubia y de ojos azules. Selena era alta y muy delgada. Tenía los ojos grises y el cutis mucho más pálido que el de su hermana. Pero la diferencia más grande entre ambas residía en el cabello, ya que Selena lo tenía tan rubio que era casi blanco plateado y le caía en una melena lisa hasta media espalda.

«Un cabello como los rayos de la luna...».

El recuerdo la asaltó a traición. Seguía vivo contra su voluntad.

Nadie volvería a decírselo. Se había asegurado de ello hacía tiempo, al dejar los mechones plateados en el suelo de la peluquería de Haylesford y salir con una corta melena que le enmarcaba el rostro y le destacaba los pómulos.

«Otra diferencia entre nosotras», pensó, «es que

ella se parece a mamá y yo a la familia de papá, que siempre decía que sus antepasados eran vikingos y que por eso teníamos el cabello de ese color».

Pero fuese cual fuese la razón de la renuncia de la tía Nora a acogerlas, no podía ser que no le gustaran los niños, ya que dirigía un colegio privado femenino. De todos modos, su tía las matriculó en una escuela pública, pero no les habló de los planes a largo plazo que tenía para ellas, pensó Selena con amargura.

Tomó un sorbo de café mientras se preguntaba por qué volvía sobre lo mismo una y otra vez, sobre todo cuando se había dicho que lo mejor para sobrevivir era olvidar el pasado y pensar únicamente en el futuro.

La carta de Millie seguía en la cocina. Era hora de enfrentarse a ella. Apuró el café y entró.

La única hoja de papel que había en el interior del sobre parecía haber sido arrancada de un bloc de notas.

Lena, tenemos que hablar. Es una emergencia. Llámame, por favor.

Millie había añadido el número de teléfono.

Selena estaba convencida de que sería para hablar de dinero. O tal vez se hubiera aburrido de vivir en una islita griega y quisiera volver al Reino Unido. Pero, ¿para hacer qué?, ¿para vivir dónde? Desde luego no en su casa, que era minúscula.

Millie no estaba cualificada para realizar trabajo alguno, salvo el de camarera. Y probablemente ya estuviera harta de llevarlo a cabo.

Y no era probable que su hermana creyera que la tía Nora se había puesto en contacto con ella para decirle que las había perdonado. Si era así, podía esperar sentada, ya que su tía había desaparecido para siempre de la vida de ambas.

¿Y por qué no la había llamado Millie si quería hablar con ella con tanta urgencia?

El número de teléfono que aparecía en la carta indicaba que su hermana seguía viviendo con Kostas en la taberna, llamada Amelia en su honor.

Y aunque a Selena la tentaba la idea de fingir que no había recibido la carta, Millie era su hermana, a pesar de todo, y le pedía ayuda.

—No puedo dejarla en la estacada —dijo en voz alta.

Agarró el teléfono. Contestó una voz masculina.

—¿Kostas? Soy Selena.

—Ah, has llamado —Selena percibió el alivio en su voz—. Me alegro, aunque sabía que lo harías. Le dije a mi Amelia que no se preocupara.

—¿Está Millie? ¿Puedo hablar con ella?

—Ahora no. El médico le ha dicho que descanse. Está durmiendo.

—¿El médico? ¿Está enferma? ¿Qué le pasa? ¿Es grave?

—No te lo puedo decir. Es cosa de mujeres, y está asustada. Se siente muy sola. Mi madre está aquí, claro, pero... No es fácil, ya sabes.

«Seguro», pensó Selena, al recordar a Anna Papoulis, de eterno luto por su difunto marido y con una perenne expresión de amargura en el rostro porque su hijo se había casado con una extranjera.

Pero el matrimonio había perdurado, lo cual era un alivio.

—Quiere estar contigo —prosiguió Kostas—. No deja de repetirlo y de llorar. Si vienes y estás con ella durante un tiempo, se pondrá mejor enseguida, lo sé. He preparado una habitación para ti, con la esperanza de que lo hagas.

Selena se quedó muda de la sorpresa.

«¿En serio cree que voy a volver a Rimnos? ¿Después de lo que pasó? Debe de haber perdido el juicio».

–No, es imposible –dijo por fin–. Me necesitan aquí.

–Pero las cosas han cambiado –insistió él–. La gente se ha marchado. La isla ha cambiado. Estarás a salvo con nosotros.

«Creí estar a salvo y que Millie era la que corría peligro. Pero fue a mí a quien traicionaron. Aún tengo las cicatrices».

–Y mi Amelia está deseando verte y estar contigo. Y yo no soportaría que la decepcionaras.

Así había comenzado todo, porque no había que decepcionar a Millie. Porque dos de sus compañeras de clase, Daisy y Fiona, se iban de vacaciones a Grecia por primera vez sin sus padres y le pidieron que las acompañara. La tía Nora se había negado en redondo a darle permiso porque solo tenía diecisiete años.

Sin embargo, la señora Raymond, la madre de Daisy, de quien había partido la idea del viaje, le dijo a su tía que había que conceder a las chicas cierta independencia y demostrarles que confiaban en ellas, ya que, al año siguiente, se marcharían para ir a la universidad.

Al oírla, Selena había pensado que tal vez lo hicieran Daisy y Fiona, pero que Millie solo lo conseguiría si se ponía a estudiar en serio.

La señora Raymond había añadido que Rimnos era una isla pequeña y tranquila en la que no había discotecas, que el hotel era un negocio familiar que tenía buena reputación, que las chicas estaban deseando que Millie las acompañara y que esta se sentiría muy decepcionada si no lo hacía.

Aunque de mala gana, la tía Nora acabó accediendo. Selena se encogió de hombros pensando que no era asunto suyo. No sabía lo equivocada que estaba porque, de repente, puso su vida patas arriba.

Kostas volvió a hablar.

–Si el coste es un problema, te pagaré gustosamente el billete a Mikonos y el viaje en el ferry hasta Rimnos. Te pido que vengas por Amelia. Está deseando verte.

–No es la impresión que me dio la última vez que hablé con ella por teléfono –dijo Selena en tono seco.

–En todas las familias se dicen cosas, cuando se está enfadado, que luego se lamentan. Apelo a tu compasión por tu hermana enferma.

Dicho así, Selena se dio cuenta de que no podía negarse. Sin embargo, se sentía intranquila, a pesar de que Kostas le había dicho que las cosas habían cambiado.

«Pero yo no», pensó. «Ahora lo sé. Y no lo haré hasta que reúna el valor para enfrentarme a mis demonios. Tal vez haya llegado el momento».

–Muy bien, Kostas –dijo lanzando un doloroso suspiro–. Saldré en el primer vuelo que encuentre, que me pagaré yo misma. Gracias, de todos modos. Te llamaré cuando sepa algo. Y dile de mi parte a Millie que espero que se recupere.

Empleó el resto del día haciendo tareas domésticas al tiempo que intentaba no prestar atención a la vocecita en su interior que le decía que no había aprendido nada de los errores pasados y que volvía a comportarse como una idiota, porque sabía que era muy improbable que Millie hubiera hecho lo mismo por ella si la situación hubiera sido la opuesta.

«Pero ella podría seguir viviendo como si tal cosa,

mientras que a mí me sería imposible, sobre todo si su enfermedad se agrava».

Y, en ese caso, ¿qué atención médica podría recibir en un lugar tan pequeño?

«Si tiene que volverse a Inglaterra conmigo, tendré que arreglármelas y buscar una casa más grande para vivir».

Decidió acostarse pronto debido a todo lo que debía hacer al día siguiente y, también, con la esperanza de acallar temporalmente la vocecita interior.

Mientras se desnudaba fue elaborando una lista mental de lo que tendría que llevarse a Rimnos teniendo en cuenta el calor que hacía allí en verano.

Mientras agarraba el camisón se miró al espejo preguntándose si los acontecimientos del año anterior la habrían cambiado de forma significativa. Pero, aparte del corte de pelo, no observó ningún otro cambio reseñable. Sus senos seguían erguidos y redondos, su cintura estrecha, el estómago liso y las caderas suavemente curvadas.

«Parece que estoy sin estrenar», se dijo con ironía. Y la risa se le transformó en un sollozo.

Pasó una mala noche y, cuando sonó el despertador, estuvo tentada de apagarlo, taparse con las sábanas y quedarse donde estaba.

Era la salida de los cobardes, pensó, mientras se levantaba y se dirigía a la ducha.

Primero fue a la agencia inmobiliaria para hacerles saber sus requisitos para la nueva vivienda y, después, a comprarse varios pantalones cortos de algodón, camisetas y un bañador.

Como no sabía cuánto tiempo se quedaría ni si

volvería sola, reservó un vuelo solo de ida en la agencia de viajes y compró euros, que tendría que gastarse con cuidado, ya que no disponía de fondos para comprar más.

Pero aún tenía pendiente la tarea más difícil, pensó al volver a salir a la calle, que la sometería a más presión. Sin embargo, esa vez, tenía una respuesta positiva que ofrecer, un plan de futuro factible.

En la calle, oyó que la llamaban. Era Janet Forbes, la profesora a la que ayudaba en la escuela, que se acercaba a ella sonriente.

–Me alegro de verte. Quería llamarte para charlar contigo. ¿Tomamos un café o tienes prisa?

–No, me parece estupendo.

Fueron a un café con terraza que daba al río. Sus orillas estaban llenas de gente que tomaba el sol, consumía helados y daba de comer a los patos.

–Quería decirte que estoy encantada de que sigamos trabajando juntas el próximo curso –dijo Janet mientras ambas tomaban un café sentadas bajo una sombrilla–. Megan es buena chica y muy seria, pero me daba la impresión de que el trabajo era para ella una forma de pasar el tiempo, mientras que tú...

Hizo una pausa.

–¿Nunca te has planteado sacarte el título de maestra? Creo que tienes cualidades. No es que quiera que dejes de trabajar conmigo. Ni se te ocurra pensarlo.

Selena estaba dispuesta a afirmar que estaba contenta con su suerte. Pero, cuál no sería su sorpresa cuando se oyó decir:

–Comencé a estudiar, pero no pasé del segundo año –se obligó a sonreír–. Por problemas familiares.

–¡Qué lástima! Siempre puedes retomar los estudios. Nunca es tarde para volver a comenzar.

–Tal vez algún día. Me encantaría, pero, en estos momentos, tengo otras prioridades.

–Pues piénsatelo para el futuro –la señorita Forbes se levantó–. Detesto que el talento se desperdicie. Tal vez cuando tus problemas familiares se hayan solucionado.

Mientras la veía alejarse, Selena pensó: «No te imaginas cuáles son. Y no puedo contarle ni a ti ni a nadie lo que pasó hace dos años».

«Ni que sigo luchando con las consecuencias».

Capítulo 2

SELENA pensó que debiera marcharse del café y volver a la tienda a comprarse más ropa, pero tendría que contentarse con lo mínimo, ya que era lo único que se podía permitir.

El hecho de estar acostumbrada a vivir con poco la ayudaría si su vida cambiaba en la dirección que esperaba.

No «si su vida cambiaba», sino cuando su vida cambiara.

Para celebrarlo, pidió otro café con hielo.

Era curioso que, mientras ella se había dedicado a observar con atención a Janet Forbes y a admirar su forma de dar clase, su paciencia y su habilidad para motivar a los niños, esta la hubiese estado observando y hubiera decidido animarla a que estudiara.

Selena tenía dieciséis años y estaba encantada con sus notas cuando la tía Nora dejó caer la bomba: pagaría sus gastos en la universidad, y los de Millie si acababa yendo, con la condición de que ambas dieran clase en, Meade House, su escuela privada, cuando acabaran los estudios.

En caso contrario, Selena podía olvidarse de ir a la universidad. Tendría que dejar el instituto y ponerse a trabajar.

—Tengo que saldar las últimas deudas de tus padres y compensar los gastos que he tenido en vuestra edu-

cación –dijo su tía con frialdad–. Espero que tanto
Amelia como tú me los devolváis.

Hizo una pausa para dejar que lo asimilara y añadió:

–No pongas esa cara, porque no te he condenado a
muerte. En Meade House, tu hermana y tú tendréis
garantizadas casa, carrera y seguridad. No te vendría
mal mostrarte un poco agradecida.

Selena se había preguntado qué cara pensaba su tía
que iba a poner cuando todos sus sueños y planes de
marcharse de Haylesford y valerse por sí misma se
habían evaporado.

Estuvo tentada de mandar todo al infierno y arriesgarse, pero sabía que no podía tomar decisiones que
afectaran el futuro de Millie, que entonces tenía ca-
torce años. Sería injusto.

Una vez que hubo aceptado, el estricto régimen de
la tía Nora se relajó, lo que, al final, se tradujo en el
permiso que dio a Millie, años después, para irse de
vacaciones con sus amigas.

Selena había encontrado trabajo durante las vacaciones de verano en un café, donde no estuvo mucho
tiempo porque su tía se resbaló en el jardín, un llu-
vioso día de julio, se cayó y se rompió una pierna.

La tía Nora la recibió en el hospital con gesto agrio.

–No me dejarán volver a casa hasta que no aprenda a
usar las muletas. Pero, incluso con ellas, necesitaré
ayuda. Y Amelia se marcha a Grecia dentro de diez días.

«¡Qué suerte tiene Millie!», pensó Selena.

Su tía era todo menos paciente y la tuvo de un lado
para otro desde por la mañana hasta por la noche, con
la ayuda de una campanilla que tenía en la mesilla.

Además, Millie cambiaba continuamente de opinión sobre lo que meter en la maleta, por lo que había
pedido que la dejaran usar la lavadora y la tabla de

planchar de forma exclusiva, lo cual fue un nuevo motivo de queja para la tía Nora.

Selena se sintió aliviada cuando la señora Raymond llegó con Daisy y Fiona para llevarlas al aeropuerto.

—El doctor Bishop dice que necesitaré sesiones de fisioterapia cuando me quite la escayola —le anunció su tía a la semana siguiente—. Me ha dado una lista de fisioterapeutas que atienden a domicilio.

—¿No pueden dártelas en la Seguridad Social?

—No de la forma que necesito —dijo su tía—. El doctor Bishop afirma que la fractura ha sido tan grave que probablemente tendré que volver a aprender a andar.

Selena pensó que el doctor Bishop decía a su tía lo que quería oír. Esperaba que el fisioterapeuta fuera más sensato.

Millie, salvo una postal en la que decía que Rimnos era estupenda, no había vuelto a dar señales de vida.

La tarde en que las chicas volvían, ella tuvo que ir al centro a pedir prestados en la biblioteca unos libros para su tía. Cuando volvió, esperaba que Millie hubiera llegado, pero el equipaje no estaba en el vestíbulo.

Pensó que el vuelo se habría retrasado. Oyó que su tía la llamaba a gritos. Parecía enfadada. La encontró sentada en la cama, con las mejillas arreboladas.

A Selena la asaltó el terrible recuerdo del accidente de sus padres, y el estómago se le contrajo de miedo.

—¿Ha... ha pasado algo?

—Pues sí —respondió su tía temblando de furia—. Parece que tu hermana se ha liado con un gamberro de esa isla y ha decidido quedarse. No puedo hacer nada al respecto, así que tendrás que irte y traerla de vuelta antes de que el mal sea irreparable.

Selena se dejó caer en la silla más cercana. Era típico que su tía contemplara la situación en términos de la vergüenza que le supondría personalmente en vez de pensar en el peligro que suponía para Millie y su futuro.

–¿Quién es ese hombre? ¿Lo conocen Daisy y Fiona?

–Es el barman del hotel Olympia, que es donde se alojan. Se llama Kostas –la tía Nora pronunció su nombre con disgusto al tiempo que le tendía un papel que había arrugado con la mano–. Tu hermana nos manda esta nota. La señora Raymond ha sido incapaz de mirarme a los ojos. Toda la culpa es suya por, en primer lugar, permitir ese viaje y por insistirme en que dejara ir a Amelia. Pero eso, desde luego, no le impedirá contar a toda la ciudad lo ocurrido. Seguro que ya ha empezado.

Selena leyó la nota con el ceño fruncido. Millie se limitaba a decir que no iba a volver a Inglaterra porque quería a Kostas y se iba a quedar con él.

–Como ves, no hay tiempo que perder. Así que tienes que marcharte, encontrarla y traerla de vuelta. No hay más que hablar.

Sin embargo, añadió:

–No voy a consentir que un encaprichamiento infantil arruine mis planes para el futuro de la escuela. Deberían encarcelar a los hombres como ese barman.

Selena intentó razonar con ella diciéndole que Millie no era una niña y que sería mejor dejar que se diera cuenta por sí misma de su error y que regresara por voluntad propia. Además, ¿cómo iba su tía a arreglárselas sin ella? Esta le dijo que ya había contratado a una persona para cuidarla.

–Me va a salir muy cara. Espero que Amelia se dé cuenta de las molestias que me causa.

Dos días después, Selena se hallaba a bordo del ferry al que había subido en Mikonos contemplando el puerto de la isla de Rimnos. No estaba de humor para apreciar la vista. En lo alto de la colina que descendía hasta el puerto divisó el hotel Olympia.

Agarró la bolsa de viaje y se la echó al hombro. Al desembarcar la recibió un coro de silbidos de los jóvenes que remendaban las redes de pesca o estaban sentados en las tabernas.

Selena pensó que no era de extrañar que Millie, liberada de la reclusión a la que las sometía su tía, hubiera sido presa fácil de un lugareño sin escrúpulos.

Daisy y Fiona le habían dado, de mala gana, algunos detalles sobre él: se llamaba Kostas Papoulis, era joven, guapo, pagado de sí mismo y sexy.

Además, Daisy había añadido con malicia que no creía que estuviera interesado por Millie, sino que para él era un simple pasatiempo. Selena hubiera querido abofetearla. Por otro lado, si Millie ya se había dado cuenta, la tarea de Selena sería mucho más fácil.

El corto camino cuesta arriba hasta el hotel le hizo desear tomarse un vaso de agua helada, debido al calor asfixiante que hacía.

El vestíbulo era espacioso y aireado, con el suelo de mármol y un mostrador de recepción en el que no había nadie. Selena se dirigió hacia la puerta en que se leía «Bar», suspiró y entró.

También parecía desierto. ¿Dónde estaba todo el mundo?

Mientras vacilaba, oyó el borboteo de una cafetera al otro extremo de la barra y un inconfundible tintineo de botellas que procedía de detrás de una cortina al fondo del bar.

Se acercó a la barra, dejó la bolsa de viaje en el

suelo y tosió con fuerza. Como no obtuvo respuesta alguna dijo en voz alta:

–¿Hay alguien?

Un hombre con una tablilla en la mano apartó la cortina y la miró con impaciencia y el ceño fruncido. Selena deseó que no se diera cuenta de su sorpresa al mirarlo, ya que no se parecía al joven y arrogante semental que Daisy le había descrito ni a los jóvenes sonrientes del puerto.

En primer lugar, era mayor, cerca de la treintena, alto, de tez morena, necesitaba un corte de pelo y un afeitado y tenía un cuerpo musculoso que cubrían unos vaqueros y un polo rojo descolorido que realzaba la fuerza de su pecho y sus hombros.

No era guapo desde un punto de vista convencional, pensó, mientras se daba cuenta de que tenía la garganta seca. Ojos oscuros y brillantes, nariz y barbilla muy marcadas y una boca esculpida con una firmeza que indicaba que ejercía un férreo control sobre sí mismo y lo que lo rodeaba. Un hombre con presencia. Y algo más.

Él rompió el silencio con una voz profunda dirigiéndose a ella en alemán.

–No le entiendo –dijo Selena y vio que él la examinaba con más detenimiento.

«Si crees que podría causarte problemas, estás en lo cierto», lo informó ella en silencio.

Su inglés era excelente, con un leve acento extranjero.

–Discúlpeme, me he equivocado por su cabello –su mirada se posó en la melena que le caía por los hombros y, durante unos segundos, a ella le pareció que se la había acariciado–. Le decía que el bar está cerrado a esta hora, a menos que desee un café.

Ella alzó la barbilla.

—No, gracias. Solo he venido a buscar a mi hermana.

—Entonces, tendrá que buscar en otro sitio. La mayor parte de nuestros huéspedes está en la piscina o en la playa. ¿Está su hermana alojada aquí?

—Dígamelo usted. Al fin y al cabo, es usted el único que puede decirme dónde se encuentra.

Selena consultó su reloj.

—¿Y si nos dejamos de jueguecitos? Lléveme adonde esté y se librará de ella. Nos marcharemos a Mikonos en el próximo ferry.

—Un plan excelente. Pero hay un problema: no sé quién es su hermana ni dónde está. Es evidente que aquí no.

Selena se quedó sin aliento.

—¿Es que se ha marchado ya? ¿Está volviendo? —lo fulminó con la mirada—. Debiera estarle agradecida, pero me resulta difícil.

—No es necesario. No sabía que estuviera aquí ni que se hubiera marchado. Le sugiero que pregunte en otro sitio —dijo él resueltamente al tiempo que se giraba para volver a entrar al almacén.

—Y yo le sugiero que responda mis preguntas —Selena fue tras él, consciente de que temblaba internamente, y no porque la hubiera despedido de aquella manera—. Si no lo hace, iré a la policía y les diré que se ha aprovechado de una muchacha de diecisiete años, que la ha retenido aquí para acostarse con ella, que ha obligado a sus amigas a volver al Reino Unido sin ella y que ha causado una enorme preocupación a su familia. Creí que los griegos respetaban a los turistas —añadió con desprecio.

—Lo hacemos, aunque sus compatriotas femeninas

no siempre nos lo ponen fácil –respondió él con el mismo desprecio y el ceño fruncido–. ¿Su hermana y sus amigas se alojaban aquí? ¿Cómo se apellidan?

–Raymond, Marsden y Blake –replicó ella con un leve temblor en la voz.

–Ah, sí. Recuerdo haber oído algunos comentarios del personal sobre ellas –afirmó él en un tono que indicaba que no habían sido precisamente elogiosos.

–Fueran cuales fueran esas opiniones, nada justifica su conducta, señor Papoulis –apuntó ella. E iba a añadir que le dijera dónde estaba Millie cuando él comenzó a reírse–. Me alegro de que lo encuentre divertido. Tal vez la policía no comparta su sentido del humor.

–Puede que sí, cuando se enteren de que me ha confundido con mi barman. Y estoy seguro de que le dirán que, al entrar aquí, con las pistolas listas para disparar, tendría que haber estado segura de que apuntaba al blanco correcto –le tendió la mano–. Permítame que me presente. Soy Alexis Constantinou, el dueño del hotel. Kostas es uno de mis empleados. Al menos esta vez sé por qué no está trabajando y que no puede ponerme la excusa de que está enfermo.

Profundamente avergonzada y consciente del brillo burlón de sus ojos oscuros, Selena le estrechó brevemente la mano.

–Así que Kostas ha engatusado a su hermana para llevársela a la cama –prosiguió él en tono divertido–. Es raro, ya que normalmente centra su atención en mujeres mayores, solteras o divorciadas, así que debe de haberle causado una honda impresión.

–No me sirve de consuelo –dijo ella en tono seco.

–A mí tampoco me serviría, si fuera mi hermana.

Se volvió hacia el estante sobre el que estaban las botellas.

—Creo que necesita un trago, y yo también —vertió un líquido de color ámbar en dos vasos y le dio uno a ella—. Es un excelente metaxá, un remedio universal, sobre todo para los estados de shock.

—Pues usted no parece muy sorprendido por la conducta de su empleado.

—No, aunque resulta irritante.

Salió de detrás de la barra y llevó los vasos a una mesa al tiempo que le hacía un gesto para que lo siguiera. Ella lo hizo de mala gana y se llevó la bolsa consigo.

Alexis Constantinou la miró divertido.

—Viaja usted ligera de equipaje, señorita Blake.

—Va a ser una visita corta, señor Constantinou. Mi intención es buscar a mi hermana y convencerla de que abandone a ese Casanova de medio pelo y vuelva conmigo a casa.

—Es una buena definición de Kostas, señorita —afirmó él, que parecía estarse divirtiendo cada vez más.

—Gracias —contestó ella con sequedad—. Y si no le importa que se lo diga, debiera vigilar más las actividades extralaborales de sus empleados.

—Me aseguro de que hagan su trabajo. No soy el guardián moral de nadie. Tal vez su hermana y sus amigas sean las que necesiten orientación.

—¡Cómo se atreve! —explotó ella—. Millie carece de experiencia por completo. Ese tipo se ha aprovechado de su inocencia.

—Una historia muy emotiva —replicó él, sin dar señal alguna de que lo hubiera emocionado—. Bebamos —alzó el vaso y lo hizo chocar contra el de ella—. *Yamas*, que significa «a nuestra salud».

A ella no le gustó que el brindis pareciera unirles,

pero tomó un sorbo con precaución y reprimió la tos cuando se lo tragó.

–¿Qué es? –preguntó cuando pudo hablar.

–Coñá, para darle fuerza y tranquilizarla.

–Estoy muy tranquila, gracias –y deseó que fuera cierto. Porque, de repente, fue consciente de que él la miraba. Desvió la vista y la posó en la mano masculina que sostenía el vaso, en los largos dedos de uñas cuidadas y en el modo en que el pulgar jugueteaba con el vaso.

Incluso aunque la mesa se hallara entre ellos, Selena pensó que él estaba demasiado cerca.

Prosiguió apresuradamente.

–Si me da la dirección del señor Papoulis, me marcharé y dejaré que siga haciendo lo que estuviera haciendo cuando he llegado.

–Estaba haciendo inventario. En cuanto a la dirección de Kostas, dudo que le sirva de mucha ayuda. Como el resto de los empleados, tiene una habitación aquí para cuando trabaja, pero me han dicho que lleva días sin usarla.

Era evidente lo que implicaban sus palabras. Selena tragó saliva.

–¿Y cuando no trabaja?

–Vive con su madre viuda. Pero es muy piadosa, por lo que dudo que vaya usted a encontrar a Millie allí.

–Entonces, ¿qué voy a hacer?

–Estoy seguro de que no me está pidiendo consejo. Pero se lo voy a dar de todos modos. Vuelva a casa y espere a que su hermana recupere la cordura.

Ella tomó otro trago de coñá.

–¿Y si él la está reteniendo contra su voluntad?

–Se está dejando llevar de nuevo por su gusto por el melodrama. Le aseguro que Kostas no necesita recurrir a la fuerza.

–A usted, todo esto le parece muy divertido –dijo ella con voz temblorosa–. Pero yo estoy muerta de preocupación y no puedo marcharme sin ella. Tendré que acudir a la policía.

–Preferiría que no lo hiciera.

–¿Lo está protegiendo? –preguntó ella, indignada, elevando la voz.

–No, protejo la reputación del hotel. Por eso estoy dispuesto a ayudarla. Deme un par de días para averiguar el paradero de Kostas y si su hermana está realmente con él. A partir de ahí, será usted la que decida. ¿Le parece bien?

Selena fijó la vista en la mesa. A pesar de sí misma, sintió el calor del coñá y que la esperanza crecía en su interior, lo cual, dadas las circunstancias, era ridículo.

–¿Cómo sé que puedo fiarme de usted?

–Porque hacer inventario me aburre. Quiero que vuelva mi barman. Su ausencia me resulta inconveniente.

Ella lo fulminó con la mirada.

–En ese caso, trato hecho –agarró la bolsa y se levantó–. Gracias por la copa. Espero que su plan tenga éxito.

–Espere. Dígame dónde puedo localizarla –la miró entrecerrando los ojos–. Porque supongo que habrá reservado habitación en algún sitio.

Ella titubeó.

–Aún no, pero ya encontraré algo.

–No lo dudo. Con ese cabello y esos ojos, *pedi mu*, le lloverán las ofertas desde el primer momento. De hecho, es probable que su hermana, dondequiera que se halle, esté más a salvo.

Ella se quedó conmocionada ante la referencia a su físico.

–Soy estudiante universitaria, señor Constantinou –respondió con frialdad–. Sé cuidar de mí misma. Preguntaré y me las arreglaré sola.

–De todos modos, señorita, no va a ir al pueblo a buscar una habitación para alquilar. No lo consentiré. Además, ¿cómo va a preguntar si no sabe griego?

Alexis se levantó.

–El hotel está lleno, pero tengo un pequeño piso en la última planta para mi uso personal. Puede alojarse ahí.

–En mi país tenemos un refrán –lo miró a los ojos y alzó la barbilla–: «Salir de Guatemala para meterse en Guatepeor». Puede que lo conozca.

–No debiera sacar conclusiones precipitadas, *pedi mu*. Yo me iré a mi casa, Villa Helios, al otro lado de la isla. ¿No le parece una distancia segura?

Ella hubiera querido decirle muchas cosas, pero solo consiguió darle las gracias a regañadientes.

Él asintió.

–Voy a hablar con el ama de llaves sobre su alojamiento. Acábese el coñá, si quiere.

Mientras él se dirigía a la puerta, Selena le preguntó:

–¿Por qué ha cambiado de idea tan de repente? No lo entiendo.

–¿No cree que debiera preocuparme el bienestar de una chica inocente e inexperta?

–Hace un momento me ha dado a entender que los problemas de Millie eran culpa suya.

–Y lo sigo pensando. Pero la chica inocente a la que me refiero no es su hermana, sino usted.

Y Alexis salió del bar mientras Selena lo miraba fijamente.

Capítulo 3

DISCULPE, ¿va a tomar algo más? Hay gente esperando para las mesas.

El tono ofendido de la camarera hizo que Selena volviera al presente.

–Ya he terminado, gracias. Lo siento, pero estaba en otra parte.

Muy lejos, pensó, mientras la camarera recogía la mesa y se alejaba.

De vuelta a la dulce trampa que había confundido con amabilidad, atrapada por un hombre que no era inocente ni inexperto.

Y tenía que volver adonde todo había sucedido, a Rimnos, el lugar donde le habían arruinado la vida y partido el corazón.

Al mismo tiempo, el viaje le ofrecía la oportunidad de demostrarse que había sobrevivido y que, incluso, lo había superado.

Al salir pasó al lado de la joven pareja que esperaba para tomar su mesa y vio que el hombre llevaba un bebé colgado del cuello de solo unas semanas de vida, y que tenía la cabeza, cubierta por un sombrero, inclinada sobre el rostro colorado, arrugado y dormido del niño.

También vio el orgullo con el que el joven padre contemplaba a su hijo para, después, sonreír a la mujer que estaba a su lado.

Selena sintió un terrible dolor en su interior, como si una mano le estuviera oprimiendo el corazón. Se dio la vuelta lentamente y se alejó para enfrentarse al último problema, el más importante.

La entrevista había sido todo lo difícil que se esperaba, pensó con tristeza mientras volvía a casa andando.

La señora Talbot se había mostrado radicalmente en contra.

–¿Se va de vacaciones? ¿Cree que es adecuado?

–Me temo que es inevitable. Y no son vacaciones. Mi hermana está enferma.

–De todos modos, perderá las visitas establecidas, lo que supone un trastorno para todos.

Selena se sintió tentada de anular el viaje, pero, al final, mandó un mensaje a Kostas con la hora de llegada del vuelo.

Se preparó una ensalada de queso antes de vaciar y limpiar la nevera. Después metió la ropa sucia en una bolsa y fue a una lavandería cercana.

Se había llevado un libro para leer, pero le resultó difícil concentrarse porque la asaltaron otros pensamientos y recuerdos que la obligaron a volver al primer día que pasó en Rimnos, el de su fatídico encuentro en el hotel Olympia.

Una vez se hubo quedado sola en el bar, bebió otro sorbo de coñá para después apartar la copa. Ya había cometido un error estúpido, y no necesitaba sentirse aún más confusa, puesto que tenía que decidir con rapidez si se quedaba allí y aceptaba la oferta de Alexis o agarraba la bolsa y se iba.

Al principio, su misión le había parecido sencilla: llegar al hotel, enfrentarse a Kostas y convencer a Millie de que una aventura estival no suponía un compromiso de por vida, por lo que había llegado el momento de volver a casa.

No se le había ocurrido, ni posiblemente tampoco a la tía Nora, que la pareja hubiera desaparecido.

De todos modos, ¿adónde iba a ir ella? Si el hotel estaba lleno, tal vez no fuera fácil encontrar una alternativa respetable, aunque el ofrecimiento que le había hecho Alexis Constantinou de su piso no se podía calificar de tal, a pesar de sus intentos de tranquilizarla.

Y fiarse únicamente de su diccionario de griego no le iba a servir de mucho para seguir la pista de los fugados.

Y puesto que estaba allí y que su preocupación principal era encontrar a Millie, probablemente necesitaría la ayuda de Alexis, por mucho que la mortificara.

«Da igual», se dijo. «Cuanto antes encuentres a Millie, antes podrás marcharte».

Se levantó y se dirigió a las puertas de cristal que había en uno de los lados del bar y salió a la terraza desde donde unos escalones conducían a una zona ajardinada llena de flores. Más allá se extendía el azul infinito del Egeo.

«Si me hallara aquí por un motivo distinto, si fuera un huésped más, probablemente no querría marcharme», pensó.

Se quedó donde estaba dejando que la sensación de paz la invadiera hasta que un ruido procedente de la barra del bar detrás de ella hizo que se girase a toda prisa. Vio a un hombre alto y delgado, con un gran bigote negro, que depositó una bandeja con una cafetera y un aperitivo en la mesa a la que se había sentado.

—Para usted, señorita. El señor Alexis dice que falta mucho para la cena.

–Ah –dijo Selena desconcertada–. Gracias –recordó inmediatamente una de las palabras que había aprendido en el avión y dijo–: *Efjaristó*.

El hombre inclinó la cabeza.

–*Parakaló* –contestó–. Me llamo Stelios y dirijo el hotel para el señor Alexis. Si desea algo, no dude en pedírmelo.

Probablemente, eso no incluyera una hermana desaparecida, penó Selena mientras el hombre se alejaba.

El café estaba muy cargado y el aperitivo eran deliciosas tartaletas de queso recién sacadas del horno. Selena no dejó ni las migas.

Acababa de tomarse la última taza de café cuando llegó una mujer de mediana edad vestida de negro y con una pose de una inconfundible autoridad.

–Soy Androula, señorita, el ama de llaves. Su cuarto la espera.

Agarró la bolsa y esperó a que Selena la siguiera.

El ascensor del vestíbulo las llevó a la tercera planta. Androula la condujo por un pasillo hasta una doble puerta que había al final. La abrió y se hizo a un lado para que Selena entrara en un espacioso salón con cómodos sillones y sillas tapizadas de lino azul alrededor de una enorme mesa cuadrada.

Mientras miraba a su alrededor, dos muchachas salieron de otra habitación, una con una cara maleta de cuero; la otra, con la cesta de la ropa sucia.

Al pasar al lado de Selena, le sonrieron tímidamente, pero la miraron con curiosidad.

Ella pensó que se estarían preguntando por qué les habían mandado que recogieran el piso. Sin embargo, parecía que su jefe era un hombre de palabra. Lo único que ella deseaba era sentirse más cómoda en aquella situación.

El dormitorio era muy masculino, con contraventanas en vez de cortinas, muebles oscuros y una enorme cama con sábanas de lino y, a los pies, una colcha marrón y dorada con un dibujo griego.

En una esquina había una puerta que daba al cuarto de baño, casi tan grande como el dormitorio, con ducha, bañera y dos lavabos, lo que podía indicar que el dueño a veces tenía compañía.

Se dijo rápidamente que eso no era asunto suyo.

De todos modos, parecía que su breve estancia allí estaría rodeada de lujos, aunque tendría que dejar claro al señor Constantinou, cuando volviera a verlo, que pagaría el alojamiento.

La tía Nora le había dado dinero para ello, por lo que no tendría que deberle más de lo necesario.

Se volvió hacia Androula.

–Gracias, es muy bonito.

El ama de llaves hizo una cortés inclinación con la cabeza.

–Descanse. Le mandaré a alguien a las ocho para que la acompañe al restaurante.

La mujer salió y cerró la puerta y, a continuación, la cerró con llave. Selena se quedó horrorizada.

Estaba a punto de correr hacia ella y golpearla para que la volviera cuando se dio cuenta de que había otra llave en la mesa. Gimió con alivio por no haberse puesto totalmente en ridículo.

«Tiene razón», pensó. «Necesito descansar y, también, tranquilizarme».

Sacó una bata de algodón del equipaje y fue al cuarto de baño, donde se dio un largo y gratificante baño. Después se tumbó en medio de la enorme cama y cerró los ojos. Se durmió en cuestión de minutos.

Eran más de las siete cuando se despertó. Se quedó

mirando lánguidamente la luz del crepúsculo que entraba por las contraventanas.

Tenía que arreglarse, pero no tardaría mucho, ya que no tenía mucha elección sobre cómo iba a vestirse para la cena: podía ponerse la falda vaquera y una camiseta blanca o la falda vaquera y la otra camiseta blanca.

Viajar con poco equipaje tenía sus ventajas, se dijo mientras se levantaba.

La más guapa de las dos doncellas que había visto antes fue la que llegó para acompañarla al restaurante de la planta baja. Sus miradas de soslayo, aunque corteses, le indicaron que su ropa no le había causado mucha impresión, ni tampoco la trenza en que Selena, de forma impulsiva, se había recogido el cabello, la forma preferida de la tía Nora.

«Pero estoy aquí por negocios, no para impresionar a nadie».

El comedor era grande y espacioso. La mayor parte de las mesas se hallaba ocupada. Selena no llamó la atención mientras un camarero la conducía a un rincón apartado, parcialmente separado del resto de la sala por varios tiestos con plantas de gran follaje.

Al sentarse, Selena se percató de que era la primera vez que iba a comer sola en un hotel. Y se burló para sí de la vida recluida que llevaba.

Se acababa de dar cuenta de que la mesa estaba puesta para dos cuando Alexis Constantinou atravesó el comedor a paso ligero sonriendo y saludando a los comensales mientras se dirigía sin lugar a dudas al rincón en que se hallaba ella.

«No, por favor», pensó Selena al tiempo que apretujaba la servilleta que tenía en el regazo.

–*Kalispera* –dijo él mientras se sentaba frente a Selena–. Significa «buenas tardes».

–Sí, he aprendido algunas palabras durante el vuelo. Esa es una de ellas.

En aquel momento, nadie lo hubiera confundido con el barman del hotel. Se había afeitado, y el elegante traje gris que llevaba contrastaba con la camisa negra de seda, abierta en el cuello, por donde se le veía la piel bronceada y el vello oscuro.

No, no era guapo, pensó ella, sino increíble y alucinantemente atractivo. Nunca había conocido a nadie igual.

Por contraste, ella debía de parecer un trapo arrastrado por el suelo.

–Excelente –él le sonrió–. Tal vez podamos ampliar su repertorio mientras nos veamos.

–Dudo que haya tiempo –contestó ella al tiempo que colocaba un tenedor perfectamente colocado y, disgustada, sentía que la cara le ardía–. Espero que tenga noticias.

–He preguntado a los empleados, pero, de momento, sin resultado alguno.

–Puede que lo estén protegiendo.

–No creo que se le tenga tanta simpatía –observó él en tono seco–. Parece que, esta vez, se ha tomado la molestia de obrar con discreción.

–Esta vez –repitió ella casi para sus adentros al tiempo que se estremecía.

Él se dio cuenta y dijo en tono más suave:

–Perdóneme. Lo que quería decir es que esta vez podría estar verdaderamente enamorado.

–¿En dos semanas? –objetó ella con vehemencia–. Eso es ridículo. Nadie se enamora tan deprisa.

–¿Le parece imposible?

–Por supuesto. Las personas primero tienen que caerse bien, ser amigas y disfrutar de la mutua compañía. Compartir intereses y aprender a respetar la opinión del otro –«¡por Dios!», pensó, «parezco mi tía».

Él enarcó las cejas.

–¿Eso es lo que le ha pasado a usted? –preguntó él con interés.

¿Y qué podía contestarle? ¿Que los hombres con los que había salido, todos ellos sin la menor trascendencia, podía contarlos con los dedos de una mano?

Pensó que lo mejor y más seguro era hacerle creer que tenía una relación.

–Sí, desde luego –contestó desafiante.

–Muy bien, *pedi mu*.

Se imponía un cambio de tema.

–¿Qué es eso que no deja de llamarme?

–Significa «mi pequeña».

–Pues no vuelva a llamármelo. Es degradante. No soy una niña.

–Entonces, ¿por qué se recoge su hermoso cabello como una colegiala?

–Porque estoy más fresca y voy mejor peinada. Además, lo único que me importa es el bienestar de mi hermana. ¿Qué vamos a hacer para encontrarla?

–Actuar con cautela. Es otra razón para no ir a la policía. La gente habla y las noticias vuelan. Es mejor que su hermana no sepa que está aquí para llevársela, para que Kostas y ella no huyan a otra isla o incluso al continente, lo cual aumentaría sus dificultades.

Hizo una seña a un camarero y este les llevó una botella de champán y dos copas.

–¿Champán? –preguntó ella con incredulidad–. ¿Qué celebramos?

–Nada todavía, así que vamos a brindar por el inicio de nuestra búsqueda y su éxito final.

Ella no pudo negarse, aunque se sentía perdida y atrapada en una rápida e inquietante corriente a la que debiera resistirse.

Tomó un sorbo de champán mientras otros camareros comenzaban a llevarles los platos y una bandeja con una especie de gruesos cigarros verdes.

–Son *dolmades* –le explicó él mientras se los servían–. Hojas de parra rellenas de carne de cordero, arroz e hierbas.

Ella probó una con precaución. Sorprendida y encantada, se llevó un bocado mayor a la boca y lo saboreó a conciencia. Vio que él le sonreía

–¿Están buenas?

–Buenísimas.

También lo estaba el pez espada a la brasa con patatas y ensalada que tomaron después. Y, por supuesto, el champán, cuyas burbujas parecían bailar en el interior de Selena.

El postre fueron melocotones e higos dulcísimos que, le explicó él, procedían del jardín de su casa.

–Debe de tener muchos árboles –comentó ella al tiempo que miraba el comedor, ya lleno de gente.

–No son para todo el mundo. Los he encargado para usted especialmente, para darle la bienvenida a Grecia.

Ella se sonrojó.

–*Efjaristó*, señor Constantinou.

–*Parakaló*. ¿Debemos seguir tratándonos tan formalmente? Ya le he dicho que me llamo Alexis.

–Creo que es mejor seguirnos tratando de usted, dadas las circunstancias.

–¿A pesar de que va a pasar la noche en mi cama? –preguntó él en voz baja. Ella se sonrojó aún más e intentó recuperar la compostura.

–Por favor, deje de decir esas cosas. En Gran Bretaña, se consideraría acoso.

–Pero estamos en Grecia –respondió él encogiéndose de hombros–. Y he dicho la verdad, a no ser que vaya a dormir en el sofá o en el suelo –hizo una pausa–. Dígame una cosa. ¿Por qué no vino de vacaciones con su hermana?

–Porque tenía un trabajo durante las vacaciones. Además, ella vino con sus amigas.

–¿Y sus padres se lo permitieron?

–Mis padres murieron en un accidente de coche. Nuestra tía es nuestra tutora y, aunque al principio no le hacía gracia lo de las vacaciones, la madre de una de las amigas de mi hermana la convenció de que no les pasaría nada en una isla tan pequeña.

–Sin embargo, la naturaleza humana es igual en todas partes. ¿Y ha tenido que dejar el trabajo?

–Ya lo había hecho. Mi tía se había caído en el jardín y se había roto una pierna, por lo que me necesitaba en casa.

–¿Y cómo se las arregla ahora sin usted?

–Ha contratado a una persona. ¿Puedo preguntarle algo?

–Claro.

–¿Cómo habla inglés tan bien?

–Mi madre nació en Estados Unidos. Aunque vino a Grecia para que yo naciera aquí, su único hijo, mis padres vivieron sobre todo en Nueva York y continuaron haciéndolo después de divorciarse, por lo que tuve que dividirme entre los dos.

–Eso debió de ser difícil.

–El divorcio siempre es complicado para un niño. Es mejor resolver los errores del matrimonio antes de que nazca.

Ella se quedó callada durante unos segundos.

–Supongo que en ese sentido tuvimos suerte –dijo por fin–. Mis padres se adoraban. y crecimos rodeadas de felicidad. Cuando desaparecieron de aquel modo, fue terrible para nosotras. Pero, después, he llegado a la conclusión de que fue bueno que murieran juntos, que, si solo lo hubiera hecho uno de ellos, el otro no lo habría superado. Formaban parte de una unidad.

Selena se detuvo bruscamente, asustada por lo que acababa de decir, por lo que acababa de revelar a ese inquietante desconocido en el que ni siquiera sabía si podía confiar.

Recordó que, cuando era mucho más joven, había intentado decir algo parecido a la tía Nora, y la fría respuesta que esta le había dado.

–Perdone –añadió inmediatamente intentando sonreír–. Sé que mis palabras parecen morbosas.

–No, en absoluto. ¿Su tía se porta bien con ustedes?

–Sí, claro. No debe de haber sido fácil para ella lidiar con dos preadolescentes, pero lo ha hecho estupendamente.

–Tan bien que su hermana se moría de ganas de escapar del modo que fuera.

–A mi hermana, como usted mismo ha reconocido, la ha seducido un mujeriego y probablemente esté asustada por las consecuencias. Vivimos en una ciudad pequeña y habrá habladurías. Así que he venido a limitar los daños, no a aburrirlo con la historia de mi familia.

–No me aburre –hizo una seña a un camarero–. Le sugiero que, después del café, suba al piso y se acueste. Ha tenido un día largo y problemático, y mañana comenzaremos la búsqueda.

–Gracias, pero creo que dormiré mejor sin el café

–se levantó y él la imitó–. Buenas noches, señor Constantinou.

–Buenas noches, señorita Blake –dijo él sonriendo con ironía–. Hasta mañana. Que duerma bien.

Esa vez no añadió «en mi cama», pero era como si lo hubiera hecho, pensó Selena mientras cruzaba el comedor. Y sabía que, si miraba hacia atrás, la estaría observando.

Cuando la secadora hubo acabado, Selena sacó la ropa y la dobló. Le temblaban las manos.

«Tendría que haberme marchado al día siguiente», se dijo por diezmillonésima vez. «Tendría que haber madrugado y haberme ido, tras dejar una nota en la recepción para darle las gracias y decirle que iniciaría la búsqueda yo sola».

En lugar de ello, al día siguiente estaba en el restaurante desayunando mientras veía por la ventana el sol brillando en el agua. Se había prohibido mirar a su alrededor cada vez que el leve crujido de la doble puerta anunciaba que alguien llegaba.

Pero cuando hubo acabado de desayunar sin que Alexis Constantinou hubiera dado señales de vida, no supo qué hacer.

Se dijo que tal vez él se lo hubiera pensado mejor, ya que, al fin y al cabo, dirigía un hotel. Seguiría por tanto el plan A: ir a la policía a pesar de que se arriesgara a que las habladurías alertaran a Millie y a su amigo.

Pero cuando llegó al vestíbulo, él la esperaba en el mostrador de recepción vestido de manera informal con chinos de color crema y una camisa negra arremangada hasta los codos y desabotonada casi hasta la cintura. Ella notó que tenía la boca seca.

–*Kalimera* –él le miró los pantalones cortos blancos y la blusa azul oscuro y luego se fijó en su cabello, una vez más recogido, a propósito, en una larga trenza. Pero no hizo comentario alguno–. ¿Ha dormido bien?

–Sí, gracias.

–Y ya ha desayunado, así que podemos irnos.

Salieron del hotel, cruzaron el jardín y se dirigieron a un todoterreno aparcado en la puerta.

–¿Adónde vamos?

–A buscar a Adoni Mandaki, un pescador que es amigo de Kostas –la ayudó a subir al vehículo y se sentó al volante–. Anoche oí en un bar que su barco no estaba, pero que a él lo habían visto en el pueblo bebiendo, como si su ausencia no lo inquietara y no tuviera que ganarse la vida con él.

–Un barco... ¿Cree que Kostas y Millie se han marchado de la isla?

–Eso es lo que espero que nos diga – respondió él mientras se dirigían, colina abajo, al puerto.

–Entonces, después de mandarme a la cama, anoche se dedicó a hacer indagaciones sobre mi hermana. ¿No se le ocurrió que me hubiera gustado estar presente para oír las respuestas? ¿E incluso para hacer preguntas?

–Se me ocurrió, pero no me pareció buena idea.

–Así que descartó mi derecho a estar presente.

–¿Y qué hubiera hecho? ¿Gritarle a todo el mundo en inglés hasta que le dijeran lo que quería oír? Créame, no habría servido de nada. Y pensé que necesitaba descansar.

–Pues, en el futuro, le agradecería que me consultara antes de tomar más decisiones arbitrarias.

–Intentaré recordarlo. A cambio, me gustaría que me llamara Alexis y que me dijera su nombre.

–¿Para qué?

Él se encogió de hombros.

–Porque indicaría que estamos en términos amistosos.

–Creo que implicaría mucho más que eso –afirmó ella en tono glacial.

–¿Y qué pasa porque la gente me vea pasar el día con una guapa turista? Cuando hayamos encontrado a su hermana, la convencerá de que vuelva con usted y se marcharan. Punto y final. Sin duda, eso compensará el inconveniente temporal de mi compañía.

–Parezco una desagradecida –reconoció ella de mala gana.

–No, lo que creo es que está asustada, y tiene motivos para estarlo. No es fácil lo que le han encargado: ir sola a un lejano país extranjero, sin saber el idioma ni dónde buscar. Lo entiendo y sé que debiera ser más paciente. Pero usted debiera intentar confiar en mí.

–Sí, gracias, Alexis –titubeó–. Me llamo Selena.

–Selena –repitió él–. En nuestra lengua, se dice Selene, que es la diosa de la luna.

–Pero me suelen llamar Lena.

–Qué sacrilegio para alguien que tiene el cabello del color de la luz de la luna.

Ella se sobresaltó y se puso colorada.

–Y Millie se llama Amelia. Puede que también sea un nombre de diosa.

–Pues no. Pero tal vez para Kostas sea la propia Afrodita. Pronto lo sabremos.

–Eso espero –dijo elle con sinceridad.

Porque se acababa de dar cuenta de que, por muy asustada que estuviera por Millie, también ella se hallaba en peligro y necesitaba marcharse de allí con la misma urgencia.

Capítulo 4

SIN EMBARGO, allí estaba, dispuesta a acudir de nuevo al rescate de Millie, pensó mientras, de vuelta a su casa con la ropa lavada, comenzó a hacer el equipaje. Pero esa vez la situación era muy distinta, porque no tendría la angustiosa posibilidad de volver a ver a Alexis.

Como Kostas le había confirmado, se había ido para siempre, tal y como le habían dicho en aquella horrible entrevista de muchos meses atrás.

Y, sin duda, ella podría mirar el futuro con esperanza, no con pesar.

«¡Qué estúpida fui!», pensó con amargura. «Me dijo que confiara en él y fui tan ingenua que lo hice».

Y no era una excusa decirse que, en aquel momento, no había tenido más remedio.

Porque, incluso la primera mañana en que condujeron por el muelle en busca de Adoni, podría haber cambiado de idea y decir a Alexis que la llevara a la comisaría.

Pero no lo hizo porque comenzaba a luchar por mantenerse a flote en una vorágine de emociones desconocidas.

Al mismo tiempo, el bullicio del puerto resultaba fascinante. En el aire aún se percibía el aroma de las parrilladas de la noche anterior. Los pescadores descargaban la pesca entre gritos y risas. Los dueños de las tiendas de recuerdos y de ropa bajaban los toldos y sacaban el género a la calle; y en las tabernas se ponían los manteles en las mesas, se regaban los suelos de baldosas y los tiestos de geranios.

Mientras el todoterreno avanzaba, la gente sonreía y saludaba a Alexis, que, a su vez, devolvía los saludos con la mano.

«Como en un desfile real», pensó ella.

—¿Siempre te reciben así? –preguntó.

Él se encogió de hombros.

—Solo cuando he estado un tiempo fuera. Muchos de los habitantes de Rimnos consideran que el mundo fuera de aquí es peligroso, por lo que se alegran de ver que he regresado sano y salvo y de que todo haya vuelto a la normalidad –Alexis le lanzó una rápida mirada–. ¿Te parece extraño?

—Todo en esta situación me lo parece.

—Pronto te acostumbrarás, te lo prometo.

«Pero no quiero acostumbrarme a este lugar, ni a esta forma de vida», se dijo ella. «No puedo permitírmelo».

Llegaron a un destartalado almacén que tenía las puertas abiertas. Alexis aparcó con habilidad entre dos camiones y apagó el motor.

—Adoni duerme a veces aquí cuando no está en el barco. Espérame mientras voy a ver si está lo bastante sobrio para hablar.

—Quiero ir contigo –protestó ella.

—Pero yo quiero que te quedes. Tengo mis motivos.

Que, por supuesto, tenían prioridad, pensó ella con resentimiento mientras lo veía cruzar la calle y desaparecer en el interior del edificio.

A menos que ella estuviera allí, ¿cómo iba a saber si Alexis haría las preguntas correctas?

Por otro lado, no tenía ganas de conocer a un pescador griego con resaca.

El calor iba aumentado. Sería un día abrasador. Selena se quitó el sombrero y se abanicó lánguidamente con él.

La blusa ya se le estaba pegando al cuerpo. Esperaba que el interrogatorio de Alexis no durara mucho, porque, en caso contrario, se derretiría. En ese momento, él salió del almacén acompañado de un hombre robusto y barbudo, vestido únicamente con unos pantalones cortos caídos.

«Vaya adonis», pensó ella.

Sin embargo, era él el único que hablaba al tiempo que sonreía, lo cual era buena señal. Alexis lo escuchaba con la cabeza inclinada.

Mientras los miraba, Selena se dio cuenta de que ella también estaba siendo sometida a escrutinio, ya que Adoni se había dado cuenta de su presencia y la miraba descaradamente sonriendo de oreja a oreja mientras comentaba algo a Alexis.

Los dos rieron, se dieron una palmada en el hombro y Alexis volvió al coche.

Al montarse se volvió hacia ella y se encogió de hombros al tiempo que extendía las manos.

–Finge que estás decepcionada, Selene –le susurró con urgencia.

–¿Decepcionada? –lo miró consternada.

¿Se había negado Adoni a ayudarlos alegando no saber nada? ¿Tan pronto se hallaban en un punto muerto?

Alexis le puso la mano en la nuca y le acarició suavemente la piel bajo la trenza.

A ella le pilló por sorpresa y sintió que se le aceleraba el pulso y que un temblor desconocido la recorría de arriba abajo. Presa de un pánico repentino, trató de separarse, pero era tarde. Él ya la atraía hacia sí y la apretaba contra él, por lo que las manos de ella quedaron presas entre ambos cuerpos dejándola indefensa, al tiempo que la boca de Alexis se posaba en sus labios entreabiertos y la besaba larga y concienzudamente.

Fue un beso para lo que nada de lo que hasta entonces había vivido la había preparado.

La presión de aquella boca moviéndose en la suya la conquistaba y consumía mientras su aliento fresco se mezclaba con el de ella y su lengua se deslizaba por la suya.

Medio atontada por los rayos del sol sobre sus párpados cerrados y por el aroma masculino de la piel de Alexis, fue presa de sentimientos y deseos que no sabía que existieran.

Pensó, aturdida: «Tengo que hacer que se detenga».

Y después: «No quiero que pare nunca».

Porque una sensación comenzaba a crecer en su interior lanzándole sus zarcillos de placer, que crecían y se extendían por todo su cuerpo, y que, le indicó su instinto, podían llegar a abrumarla.

De pronto, se vio libre, y fue como si le hubieran dado una bofetada. Alexis volvió a sentarse a una distancia decorosa mientras la observaba con una expresión indescifrable.

–Espero no haberte estropeado el sombrero, *agapi mu* –dijo con despreocupación.

Atontada, ella lo miró aplastado en su mano y, de pronto, la invadió un sentimiento de vergüenza por haberle consentido aquel asalto a la vista de cualquiera que hubiera querido mirar. Y aunque él no lo había hecho de manera brutal, tenía la boca caliente e hinchada.

—¡Cómo te atreves...! —dijo con voz ahogada al tiempo que cerraba los puños.

—Tranquilízate —la agarró de las muñecas y continuó con voz risueña—. Como creí haberte dejado claro, Selene, quiero que Adoni te vea decepcionada, no que crea que eres peligrosa.

—¿Querías que viera esta repulsiva representación?

—Quería que viera cómo te consolaba por no poder realizar un viaje romántico en su barco.

—Pero si el barco no está...

—Pues claro. Es lo que me ha explicado cuando le he pedido que me lo alquilara durante todo el día. Me ha dicho que he llagado tarde, que un amigo se lo ha alquilado... para pasar la luna de miel.

—La luna de miel —repitió Selena—. ¿Quieres decir que Millie y Kostas se han casado?

Alexis suspiró.

—No, me he limitado a cambiar las palabras que Adoni ha utilizado para evitar que te ruborizaras.

—Ah —dijo ella mientras comenzaba a alisar las arrugas del sombrero. Tragó saliva—. Y le has dado a entender que tú... que yo...

—Queríamos disfrutar del mismo placer —apuntó él con cortesía cuando ella se detuvo.

—¿Te ha dicho que ha sido Kostas el que ha alquilado el barco?

—No, porque sabe que Kostas debiera estar trabajando en el hotel, no disfrutando en algún lugar de su nueva amante, y supone que no me he enterado de su ausencia. Me ha dicho que la chica era toda una belleza: rubia y con unos ojos preciosos. Un bombón inglés.

–¡Por Dios! –exclamó Selena llevándose las manos al rostro.

–Si vas a llorar, ¿no puedes esperar a que tengamos algo más de intimidad? No quiero que todo Rimnos crea que te maltrato.

Ella se enderezó y lo miró desafiante.

–Estoy demasiado enfadada para llorar. ¿Cómo crees que me siento al saber que se habla así de Millie, que se la mira con lascivia, cuando no se lo merece? Porque sea lo que sea lo que Daisy y Fiona hayan hecho, estoy segura de que ella no habrá tomado parte.

Él se quedó en silencio durante unos segundos antes de decir:

–Estás en la universidad, ¿verdad? Y trabajas durante las vacaciones.

–La mayor parte de los estudiantes lo hace –contestó ella a la defensiva.

–Así que puede que no te hayas dado cuenta de que, tal vez, haya cambiado, de que ya no es tu hermanita, la pequeña de la familia, sino que ha crecido y ha echado a volar.

–¿Qué quieres decir? ¿Que ha sido ella la que ha ido detrás de Kostas, no al revés? ¿Que es ella la que ha tenido la culpa de todo?

–No, Selene, no quiero decir eso, sino que puede que la situación no esté tan clara como crees –Alexis arrancó–. Pero lo primero que tenemos que hacer es encontrarlos. Y deprisa. Me ha dicho Adoni que se avecina una tormenta.

Y mientras ella miraba, incrédula, el cielo azul, él añadió en tono seco:

–Y en lo que respecta al tiempo, nunca se equivoca.

Poco después de dejar el puerto, la carretera se convirtió en un camino de tierra, con el mar a un lado y casas aisladas al otro, en las que había jardines bien cuidados, gallinas picoteando en la tierra y, a veces, una cabra atada a la verja.

Y detrás de los edificios, se extendían hacia las colinas del centro de la isla los troncos retorcidos de olivos centenarios, cuyas hojas brillaban al sol como si fueran de plata.

—¿No se quejan los habitantes de estos caminos? —preguntó ella agarrándose a la puerta del coche tras salvar un gran bache.

—No que yo sepa. Además su medio de transporte está acostumbrado a ellos —dijo él al tiempo que le señalaba dos asnos que pacían tranquilamente a la sombra de un árbol.

—Entiendo.

—Creo que estás empezando a hacerlo.

—No puedo evitar que haya cosas que me parezcan raras. Es la primera vez que salgo al extranjero.

—Y ha sido por obligación, no por placer. Y sola. Eso es lo que a mí me resulta raro.

—No ha sido por propia voluntad —respondió ella. Y añadió—: ¿Adónde vamos?

—A buscar el barco de Adoni.

—Pero puede estar en cualquier parte.

—No creo. No es un yate de lujo ni está equipado para un largo viaje, por lo que es probable que hayan anclado en algún sitio en que puedan acceder a una playa y a un lugar para refugiarse. Y en Rimnos hay pocos sitios así.

La miró de reojo.

—Intenta tranquilizarte, Selene. Te prometo que los encontraremos pronto.

Ella asintió y dijo con voz ahogada:

—Todo esto me parece una pesadilla de la que estoy a punto de despertar para encontrarme en Haylesford de nuevo, con Millie durmiendo en la habitación de al lado.

—¿En serio? ¿Tanto te gusta el sitio en que vives?

«No», se dijo ella. «Y nunca me gustará, pero ahora mismo representa para mí cierta seguridad».

—Por supuesto —se apresuró a afirmar—. Es mi casa. Tú debes sentir lo mismo por Rimnos.

Se produjo un extraño silencio, que él acabó rompiendo con brusquedad:

—Sí, claro.

Ella lo miró, sorprendida por su tono y por la repentina expresión sombría de su rostro.

Y se asustó al darse cuenta de que quería ponerle la mano en el brazo y decirle: «Dime qué te pasa. ¿Qué te preocupa?».

Y pensó que tenía que estar perdiendo el juicio, ya que eso era lo último que debía hacer.

«Mantén las distancias», se previno a sí misma. «Sé amable ahora, muéstrate agradecida cuando recuperes a Millie y no vayas más allá».

Se volvió a mirar el mar y vio que se había calmado y parecía una lámina de cristal, y que, en el horizonte, se empezaban a acumular nubes.

Parecía que la predicción de Adoni sobre el tiempo se iba a cumplir, pensó con inquietud. Después se fijó en los olivos que crecían al otro lado del camino.

—La gente de aquí debe de usar mucho aceite de oliva.

—Usan lo que necesitan. La mayor parte se exporta.

—¿Desde un sitio tan pequeño como este?

—Sí. Hasta hace poco, en cada casa se recogían y

prensaban sus aceitunas y se almacenaba el aceite. Pero los isleños pensaron que necesitaban un mercado más amplio, por lo que formaron una cooperativa y, ahora, las aceitunas se recogen y procesan en una planta nueva y moderna que está al otro lado de la isla, y el aceite se vende en todo el mundo con la etiqueta del nombre de la isla.

–Creo que lo venden en el supermercado que hay cerca de la universidad. ¿En la etiqueta aparecen tres columnas de piedra?

Él sonrió levemente.

–Las tres columnas de Apolo, que, por desgracia, son lo único que queda del templo. Me gustaría enseñártelas.

–Me temo que no tendremos tiempo –se apresuró a decir ella–. Millie y yo tenemos que volver a Inglaterra en el primer vuelo disponible.

–Desde luego. Casi se me había olvidado, debido al placer de tu compañía, Selene.

Ella volvió al tema, menos comprometido, del aceite de oliva.

–Por causalidad, ¿fuiste tú quien convenció a los isleños de que formaran una cooperativa?

–No solo yo. Nuestro párroco, el padre Stéfanos, también era partidario, así como los alcaldes de la mayoría de los pueblos, que sabían que la pesca y el turismo no bastaban. Por suerte, yo tengo contactos en Estados Unidos en el campo de la publicidad, la mercadotecnia y la distribución, lo que suponía un incentivo.

Alexis esbozó una leve sonrisa.

–Pero no fue fácil. La idea de la cooperativa no atrajo a los isleños al principio. Ahora se enorgullecen de su éxito.

«Y también te están agradecidos», pensó ella. «Eso explica el desfile real de antes. Y tal vez signifique que me puedo fiar de ti, que es positivo que estés de mi lado, aunque lo que más te preocupe sea el buen nombre del hotel, no Millie».

El viaje continuó en silencio. El mar se había convertido en una lámina de acero bruñido y el cielo casi había desaparecido tras un velo gris, detrás del cual el sol brillaba pálidamente.

Selena se dio cuenta de que el coche disminuía de velocidad. Alexis se detuvo en la hierba que crecía al lado del camino y aparcó a la sombra de un olivo.

—¿Has visto el barco?

Él la miró con el ceño levemente fruncido.

—No, pero este es el único sitio donde hay una playa, además de una cueva seca. Voy a bajar a comprobar si Kostas y Millie han estado ahí, porque, si es así, puede que vuelvan.

Ella descendió del vehículo a toda prisa.

—Voy contigo.

—Sería mejor que te quedaras. El camino es difícil.

—¿Crees que me importa? Si hay algo en esa cueva, quiero verlo.

Se produjo una tensa pausa hasta que él dijo con suavidad:

—Olvídate de todos los horrores que te estés imaginando, *agapi mu*. Lo máximo que espero encontrar es agua, restos de comida y, tal vez, una manta.

—Me da igual. Quiero verlo.

Cuando Selena contempló la pendiente que había para bajar a la playa, comenzó a arrepentirse de su intransigencia, y cuando Alexis se detuvo al borde del acantilado y le tendió la mano, se la agarró sin vacilar.

Descendieron con lentitud y precaución. Ella se

dio cuenta de que era mejor concentrarse en las piedras sueltas para no resbalar que en mirar la playa.

Cuando llegaron al pie del acantilado, notó que había estado conteniendo la respiración y, al soltar el aire, se preguntó si se había debido a la pendiente o a sentir los dedos masculinos en torno a los suyos agarrándola con firmeza.

Se soltó y dijo:

—No veo ninguna cueva.

Él le indicó una enorme roca.

—La entrada está detrás.

Él se dirigió hacia allí por la playa y ella lo siguió. Miró hacia arriba y contempló con aprensión que el sol había desaparecido por completo tras el cielo encapotado.

Parecía que el mundo se hubiera inmovilizado y estuviera a la espera. Y ella recordó una frase: «La calma que precede la tormenta».

Al llegar a la roca vio la estrecha entrada a la cueva y la oscuridad que había en su interior.

No padecía claustrofobia, pero para todo había una primera vez. Y, a pesar del calor agobiante, sintió un escalofrío.

Al mismo tiempo, un relámpago rasgó el cielo, seguido del retumbar del trueno y las primeras gruesas gotas de lluvia.

Alexis le hacía gestos con impaciencia desde la entrada de la cueva.

—Date prisa —le gritó—. Corre.

Cuando ella llegó a su lado, él la tomó por los hombros, la giró, la lanzó hacia dentro y fue detrás de ella, mientras la lluvia se transformaba en diluvio.

La oscuridad reinaba en el interior y, a medida que sus ojos se fueron habituando, Selena se dio cuenta de que, una vez superada la estrecha entrada, la cueva era alta y espaciosa. Alexis podía estar cómodamente de pie en la parte delantera, aunque la altura disminuía al fondo. Pero estaba vacía.

—No han estado aquí —dijo ella sin ocultar su decepción.

Alexis masculló algo y se inclinó a recoger un objeto del suelo. Cuando se irguió, le colgaban de los dedos varios eslabones plateados de una pulsera.

—Alguien ha estado, y no hace mucho, ya que, si no, la arena la hubiera ocultado. ¿La reconoces?

Selena miró la pulsera y dijo con voz ronca:

—Es la pulsera que regalé a Millie en Navidad —se estremeció cuando se oyó otro trueno.

—Entonces, toma —dijo él entregándosela.

Ella se la metió en el bolsillo de los pantalones.

—Así que ha estado aquí con él. ¿Dónde están ahora? ¿Qué le ha hecho ese hombre?

Se produjo otro relámpago y el sonido del trueno tan, tan similar a un rugido ensordecedor, que pareció que el acantilado se estaba desplomando sobre ellos.

Selena lanzó un grito, pero su voz se perdió en el estruendo, avanzó a trompicones hacia Alexis con las manos extendidas, que la agarró, la abrazó estrechamente y le acarició el cabello hasta que el eco del trueno desapareció y todo lo que ella oyó fueron los latidos de su propio corazón.

Y, bajo su mejilla, los del corazón de él.

Alexis alzó la cabeza y durante unos segundos permaneció inmóvil, por lo que ella tuvo la sensación de que el mundo entero se había reducido al círculo de sus brazos y estaba, de nuevo, esperando, y de que ella también estaba en suspenso, a la espera de un descubrimiento trascendental.

Él bajó la mano desde su cabello y le apartó unos mechones de la sien para, después, acariciarle la mejilla y la delicada línea de la mandíbula, obligándola sin palabras a mirarla. Ella se dio cuenta de su intención al ver cómo le brillaban los ojos mientras se inclinaba para buscar su boca y la convencía con suavidad y sensualidad de que le abriera los labios.

Ella se apoyó en su fuerte cuerpo y, esa vez, aceptó el beso, al que respondió con desconcertante ardor mientras se estremecía de placer.

Él le deslizó las manos por la espalda hasta las caderas para apretarla más contra sí, lo que hizo que ella se diera cuenta de su excitación y, para su asombro, de su propio y tórrido deseo, que no se esperaba, que era espontáneo, desde luego, pero terriblemente intenso y que hacía que le fuera difícil reconocerse a sí misma.

Cuando él, por fin, apartó lentamente los labios de los de ella, Selena emitió un sonido que no se convirtió en una palabra, aunque no se le hubiera ocurrido ninguna.

Ella alzó las manos, que le temblaban, y le apartó la camisa para acariciarle los hombros antes de descender por su musculoso torso.

Él le desabotonó la blusa y se la bajó, dejándola desnuda de cintura para arriba. Tomó sus senos en las manos y jugueteó con los pezones con la punta de los dedos hasta endurecérselos. Después la atrajo hacia él para rozarlos con su velludo pecho hasta que ella sintió que hubiera podido gritar de placer, de un placer que la traspasaba y la hacía arder y derretirse.

Era como si el cuerpo que había alimentado y vestido, pero nunca, ni en sueños, compartido con nadie, hubiera cobrado vida propia y tuviera un propósito fiero y desconocido; un propósito que, por fin, le mostró el misterio del deseo, pero no su solución.

Porque las manos que la sostenían, aunque con suavidad, la estaban apartando de él, alejándola. Vio que esas manos que la habían acariciado se habían convertido en puños. Alexis se las metió en los bolsillos de los pantalones. Ella observó cómo se le movían los músculos de la garganta al tragar saliva.

Él habló en voz baja y dura.

—Esto no debiera haber pasado. Perdóname.

Durante unos segundos, ella se quedó paralizada porque sabía que no había nada que perdonar, que, dondequiera que él hubiera querido llevarla, lo habría seguido sin vacilar y que él lo sabía.

Sin embargo, la había rechazado.

El orgullo acudió en su ayuda, así como los nueve años que llevaba valiéndose por sí misma. Le dio la espalda y se abotonó la blusa. Volvió la cabeza para decirle:

—Yo también te pido disculpas. No me suelen dar miedo los truenos, pero pensé que el techo se iba a caer y... me entró pánico.

Se dio cuenta de que cada vez se veían menos relámpagos y que los truenos se oían cada vez más lejanos.

—Al menos, la tormenta ya ha pasado.

Se produjo un extraño silencio, que él rompió para decir:

—En cambio, Selene, yo creo que acaba de empezar —y añadió—: Prosigamos con la búsqueda.

Y la condujo fuera de la cueva y hasta el todoterreno.

Capítulo 5

«COMPÓRTATE como si no hubiera pasado nada», no cesaba de repetirse ella mientras subía por el acantilado, esa vez sin ayuda. «O como si hubiera sido un incidente aislado sin importancia, que hay que olvidar».

Cuando llegaron arriba, ella se detuvo a contemplar el sol, que comenzaba a salir de nuevo, y el mar, como si quisiera hacer aparecer el barco de Adoni. Una vez recuperado el aliento, siguió a Alexis hasta el coche.

Cuando llegó vio que él había sacado una toalla y estaba secando los asientos delanteros.

—¿Adónde vamos ahora? —Selena señaló el mar—. Si están navegando, ¿cómo vamos a seguirles la pista?

—En helicóptero —Alexis escurrió la toalla empapada y la echó a la parte trasera del vehículo.

—En helicóptero —repitió ella, y se echó a reír—. ¿Cómo no se me había ocurrido? Y supongo que tendrás uno disponible.

—Por supuesto —le dirigió una mirada sardónica—. Si no, no te lo habría dicho. Está en mi casa.

—¿Y no pensaste en usarlo en primer lugar?

—Sí, pero creí, aunque parezca un error, que encontrarlos así sería fácil.

—Puede que no conozcas a Kostas tan bien como crees.

–No voy a hacer un comentario evidente sobre tu hermana, Selene.

Ella iba a responderle, pero se detuvo al ver que se estaba quitando la camisa.

–¿Qué haces?

–Asegurarme de que estés cómoda el resto del viaje –dobló la camisa y la puso en el asiento, aún húmedo–. ¿Nos vamos?

Estaba a punto de arrancar cuando le sonó el móvil. Contestó con brusquedad, escuchó durante unos segundos y su expresión pasó de la impaciencia a la incredulidad. Después de colgar se quedó en silencio durante unos segundos, mirando hacia delante.

–¿Pasa algo?

–Pues sí, *agapi mu* –arrancó el todoterreno–. Parece que, al final, no necesitaremos el helicóptero. El barco de Adoni ha vuelto al puerto y Kostas y tu hermana están en mi casa, acompañados de la madre de él, que tiene la misma opinión que tú sobre su relación y no deja de proclamarlo a los cuatro vientos. Mis empleados han tenido una mañana movidita.

–Lo siento –se disculpó ella.

Solo esperaba que fuera la señal de que Kostas y Millie seguirían cada uno su propio camino y de que su hermana estaba dispuesta a olvidarse de Rimnos y de su error y a volver a Inglaterra.

Y no sería la única, se recordó sin alegría.

–Pensé que no cabrías en ti de gozo –comentó él.

Ella se miró las manos, que tenía unidas en el regazo.

–Estaba pensando en qué les voy a decir.

–Solo tienes que hablar con tu hermana. De Kostas y su madre me encargo yo

–Gracias. ¿Se siguen hablando Millie y Kostas?

–Se siguen hablando, están agarrados de la mano y se niegan a separarse. Todo ello también a voz en grito –la miró con el ceño fruncido–. ¿Esperabas que ella se marchara sin discutir?

–Pues claro.

–Eres muy optimista, Selene querida. Pero hablemos de tu tía. Es evidente que tiene dinero. ¿Cuánto crees que estaría dispuesta a pagar para que tu hermana regresara?

–¿Me estás diciendo que a Kostas se le puede comprar?

–¿Quién sabe? –dijo él con cinismo–. Al final, el dinero puede más que las palabras de amor.

Selena se mordió los labios y dijo en voz baja:

–Dudo que mi tía se lo haya planteado.

–Y, en el caso de que lo hubiera hecho, ¿qué le espera a tu hermana en Inglaterra?

–La escuela y los resultados de los exámenes. Y entrevistas para la universidad. Y su cumpleaños dentro de unas semanas. Cumplirá dieciocho.

–Entonces, no te queda mucho tiempo –observó él antes de pisar a fondo el acelerador.

Selena se preparó para otro viaje por un camino de cabras, pero pronto tomaron una carretera ancha y bien asfaltada, aparentemente de reciente construcción, que atravesaba la isla por el centro. El paisaje era inhóspito: piedras, matojos y colinas escarpadas.

Hasta que divisaron un conjunto de edificios de cemento de una sola planta, rodeados de una alta alambrada, con un gran cartel en la entrada en el que se veían tres columnas doradas.

–Ah –dijo ella–. ¿Es ahí donde se produce el aceite?

–Ya sé que no es bonito –apuntó él sonriendo–. Pero es eficaz.

–¿Por eso está aquí, en mitad de la nada?

–En Rimnos no hay distancias. Todo está cerca. En este caso, donde un sueño se transformó en una idea, y esta en realidad.

–No se me dan bien las adivinanzas.

–Si te fueras a quedar, te lo explicaría.

–Pues tendré que conformarme con no haber satisfecho mi curiosidad.

–Yo también.

Fue un comentario al que ella prefirió no responder.

La carretera se extendía ante ellos serpenteando al pie de las colinas. El paisaje yermo iba dando paso a olivos y huertos en los que crecían limoneros, melocotoneros e higueras.

Y más allá, en un espacioso terreno, se erguía Villa Helios, de piedra blanca, con un tejado de tejas verdes y situada frente al mar.

«¡Qué bonita!», pensó Selena conteniendo el aliento. Se dio cuenta de que Alexis la miraba y sonreía al contemplar su reacción.

Él se dirigió a la parte de atrás y aparcó en un patio lleno de pollos.

Entraron por una puerta a un pasillo a cuyos lados había almacenes y lavaderos, por el que llegaron a otra puerta que conducía a una gran cocina llena de gente.

Se hizo un silencio entre todos los presentes. Selena se dio cuenta de que Millie no estaba entre ellos. El silencio lo interrumpieron los gritos de una delgada mujer vestida de negro de los pies a la cabeza que se hallaba sentada a la gran mesa que había en el centro.

Selena, involuntariamente, retrocedió y dio un traspiés. Alexis la sujetó por los hombros. De inmediato, los gritos subieron de tono, y una mujer de mediana edad vestida de gris se adelantó con las manos extendidas murmurando algo en griego. Era entrada en carnes, tenía el cabello negro, en el que aparecían algunas canas, y lo llevaba recogido en un moño. Su rostro indicaba que su expresión habitual era de alegría y que sus ojos negros brillarían si se les daba la oportunidad.

Alexis masculló algo y después hizo una seña a una joven vestida con un uniforme de criada para que se acercara.

—Penélope te llevará con tu hermana —le dijo a Selena—. Me reuniré contigo cuando haya hablado con Kostas.

Selena siguió a la muchacha. Salieron de la cocina y, por un corto pasillo, llegaron a un impresionante vestíbulo, que atravesaron para llegar a otra puerta. Cuando la muchacha fue a abrirla, Selena la detuvo.

—¿Hablas inglés, Penélope?

—Sí, señorita, de niña viví en Estados Unidos.

—Entonces, ¿puedes decirme por qué ha empezado a gritar esa mujer cuando hemos llegado?

La hermosa cara de Penélope se iluminó con una sonrisa.

—La señora Papoulis es muy devota y modesta, y se sintió ofendida porque el señor Alexis no llevaba camisa.

Selena la miró con los ojos muy abiertos.

—Pero ha estado casada. No puede sorprenderla tanto.

Penélope se encogió de hombros.

—Hay muchas clases de matrimonios, señorita. Tal vez debiéramos compadecer a su marido.

Dicho lo cual, abrió la puerta.

—¿Qué haces aquí? —fue el saludo de Millie cuando la puerta se cerró tras Selena.

Tenía cara de pocos amigos y estaba sentada en el borde de un sofá, vestida con unos minúsculos pantalones cortos y el sujetador de un bikini negro, y llevaba las uñas de las manos y los pies pintadas de dorado.

–Hola –dijo Selena sin alterarse–. He venido a ver si estabas bien.

–Por supuesto que sí. ¿No te transmitieron mi mensaje Daisy y Fiona?

–Palabra por palabra –«no pierdas los estribos. Acércate a una silla y siéntate», se dijo Selena–. ¿No se te ocurrió que la tía Nora se preocuparía mucho?

–No que se preocuparía, sino que se enfurecería. Pero ya le he escrito explicándoselo todo y le he pedido que me mande el certificado de nacimiento y otros papeles. ¿Te asegurarás de que lo haga?

–¿El certificado de nacimiento? ¿Para qué?

–Porque lo necesito para casarme en cuanto cumpla los dieciocho, según las leyes griegas.

–¿Casarte? –Selena respiró hondo–. Por Dios, Millie, piensa lo que estás haciendo. Vas a lanzar tu futuro por la borda.

–Te equivocas, mi futuro está al lado del hombre al que quiero.

–A quien apenas conoces.

–Lo supe desde el primer momento, igual que él –afirmó Millie desafiante–. Si tú te contentas con ser una esclava de nuestra tía de por vida, yo quiero algo distinto y mejor. Y voy a tenerlo.

–Tenía mis razones para hacer lo que la tía quería, pero eso se ha acabado. Así que, volviendo a ti, ¿de verdad crees que podéis vivir los dos de lo que Kostas gana con su trabajo temporal en el bar?

–Yo también puedo trabajar. Además, no siempre será barman. Tiene ambiciones, y va abrir una taberna.

Y hasta entonces, ¿dónde viviréis?

–En el hotel –por primera vez hubo una nota de incertidumbre en la voz de su hermana–. Kostas tendrá que aclararlo con su jefe, pero eso no será un problema. Y yo puedo trabajar de doncella allí, o algo así –añadió con gesto vago.

Era una afirmación atrevida para alguien incapaz de hacerse la cama.

–Yo no estaría tan segura, Millie. Si hay puestos vacantes, se los ofrecerán a la gente de la isla. De todos modos, eres muy joven para tomar semejante decisión. Tienes que vivir más, conocer a otros hombres, antes de sentar la cabeza.

–¡Por favor, Lena! –su hermana lanzó un suspiro–. No soy virgen. Llevo tomando la píldora desde los dieciséis, así que probablemente sepa más de la vida que tú. Vine aquí a divertirme con un par de amigas y, desde luego, no esperaba enamorarme. Ni tampoco lo esperaba Kostas, para que lo sepas. Pero ha sucedido y, pienses lo que pienses, no va a cambiar. Y confío en que tú convenzas a la tía Nora –añadió–. Espero que le hagas entender que tengo derecho a vivir mi vida.

«Y a solucionar el problema del hambre en el mundo», pensó Selena con desesperación.

Mientras trataba de poner en orden sus argumentos para intentar de nuevo persuadir a su hermana, llamaron a la puerta y entró Alexis, ya totalmente vestido, seguido de un joven que, a pesar de su expresión malhumorada, era increíblemente guapo y poseía el físico de un héroe de Hollywood.

Selena se percató de su atractivo, lo que la intranquilizó aún más.

–Kostas, cariño –Millie se levantó de un salto y se abalanzó sobre él–. ¿Se ha solucionado ya todo?

–No –contestó él suspirando–. El señor Alexis dice que tienes que volver a Inglaterra con tu hermana.

–Pero ya le he dejado claro que no voy a marcharme de la isla –afirmó Millie mirando a Alexis con los ojos muy abiertos y una hermosa sonrisa.

Él no pareció conmoverse.

–Seguro que entiende que queramos estar juntos y que podrá buscarme un rincón para vivir hasta que nos casemos –añadió Millie–. Le prometo que no le causaré ningún problema.

Alexis habló con gravedad.

–Perdone, señorita, pero ya ha causado más de los que se imagina. En el hotel solo se pueden alojar los trabajadores de manera individual, y no hago excepciones. Además, su presencia distraerá a Kostas de su trabajo. Y supongo que deseará que conserve su puesto, ¿verdad?

–Sí, por supuesto –los ojos azules de Millie comenzaron a llenarse de lágrimas–. ¿Por qué es usted tan cruel?

–Tal vez para hacerle un favor –la miró con dureza–. El matrimonio es un asunto muy serio, y esto no ha comenzado con buen pie. Los dos necesitáis tiempo para reflexionar. Cuando se comete un error, no es fácil enmendarlo.

–Pero no se trata de un error –Kostas se volvió hacia él–. Amelia es la única mujer a la que querré –se golpeó el pecho con el puño–. No puedo vivir sin ella.

Alexis apretó los dientes.

–Muy dramático –afirmó con frialdad–. Debieras buscar trabajo en el Teatro Nacional –hizo un gesto con la cabeza hacia la puerta–. Tenéis comida en el comedor. Id a comer mientras yo hablo con la señorita Blake. Y usted, señorita, debiera ponerse algo más discreto antes de que la vea la madre de su novio.

Se marcharon a regañadientes. Millie, que parecía haber desistido de llorar, lo fulminó con la mirada antes de salir.

—Bien —dijo Alexis cuando se quedaron solos—. Como me temía, tienes problemas, Selene. ¿Qué vas a hacer?

—No lo sé. No puedo obligarla a subir al avión contra su voluntad. Supongo que tendré que hablar con mi tía.

Alexis le indicó una mesita adyacente.

—El teléfono está a tu disposición. ¿Sabes el prefijo?

—Sí, gracias.

—Entonces te dejo mientras haces la llamada —al llegar a la puerta se volvió hacia ella—. Buena suerte, *agapi mu*.

Diez minutos después, Selena estaba sentada en el sofá del que se había levantado Millie, mirando al vacío, cuando Alexis volvió a buscarla.

—La conversación no ha ido bien —era una afirmación, no una pregunta, que Alexis pronunció al ver lo pálida que estaba.

—No. Está furiosa, y creo que más conmigo que con Millie —Selena intentó sonreír sin conseguirlo.

«Eres una estúpida y una inútil. Seguro que ni siquiera lo has intentado».

Las palabras de su tía seguían haciéndole daño.

—Me ha dicho que haga entrar en razón a Millie con independencia de cuánto tarde en conseguirlo —tragó saliva—. Y que me prohíbe volver si no es con ella.

Él se sentó a su lado sin tocarla.

—Esa tía tuya no entiende lo que es el amor.

—¿Tú crees que se trata de eso? —preguntó ella con tristeza—. ¿Que de verdad se quieren?

–¿Quién sabe? –Alexis se encogió de hombros–. El tiempo lo dirá. Cuando antes hablé con Kostas, afirmó que tu hermana le importaba mucho. Tal vez sea la primera vez en su vida que siente algo así por una mujer.

Selena suspiró.

–De todos modos, debo intentar convencerla de nuevo.

–Pero no ahora mismo –apuntó él en tono reflexivo–. Deja que crean que has aceptado la situación y que te quedas en la isla solo para dar tiempo a que tu tía se calme.

Y añadió:

–¿Quién sabe? Si dejan de sentirse perseguidos, puede que su idilio pierda parte de la emoción, sobre todo si la pasión se ve sustituida por la costumbre.

Alexis se calló durante unos segundos.

–¿Tu hermana sabe cocinar?, ¿limpiar?, ¿cuidar gallinas u ordeñar una cabra?

Ella lo miró fijamente.

–¿Millie? Claro que no.

–Entonces, debe aprender, si de verdad quiere a Kostas. Haré que traigan tus cosas del hotel. Tu hermana y tú seréis mis huéspedes. El ama de llaves acompañará a tu hermana cuando Kostas venga a verla. Eleni tiene fama de mujer fuerte, así que él no intentará tomarse ninguna libertad. Y tu hermana aprenderá de mis empleados a limpiar y cocinar.

–Millie no estará de acuerdo.

–Creo que lo estará, *agapi mu*, cuando se le explique que es la vía para llegar a su matrimonio. Y también creo que el padre Stéfanos debiera instruirla en la fe ortodoxa, lo que ablandará a la madre de Kostas con respecto a la boda.

Ella se puso a la defensiva.

—¿Por qué iba a poner objeciones?

—Porque ya habrá elegido a la novia adecuada para su único hijo. ¿No sucede así en Inglaterra?

—No donde vivo yo. Pero haz lo que debas para que no vuelva a gritar —dijo ella a regañadientes—. Aunque no veo qué sentido tiene animarlos a que se casen.

—No se trata de animarlos, sino de demostrarle a tu hermana lo que la espera siendo la esposa de un trabajador en Rimnos. No sabemos cómo reaccionará a su nuevo modo de vida.

—Crees que lo odiará y querrá marcharse.

—Esperemos que sea así. ¿Se te ocurre una idea mejor?

—No —reconoció ella contra su voluntad—. Pero vuelves a tomarte muchas molestias.

—No pasa nada. Y mientras tu hermana esté ocupada, tú, Selene querida, tendrás que aprender a relajarte: a ser libre, bañarte y tomar el sol. A beber vino y a disfrutar, espero, de todo lo que te puede ofrecer la isla.

Alexis se levantó y se dirigió a la puerta.

—Al fin y al cabo, ¿qué otra cosa puedes hacer? —preguntó antes de marcharse.

A posteriori, Selena se dio cuenta de lo terriblemente sencillo que le había resultado convencerse de que había accedido únicamente en beneficio de Millie.

Se dijo que su hermana solo tardaría una semana en hartarse de la economía doméstica griega y que querría volver a casa.

El tiempo pasaría deprisa y cuando, una vez cumplida su misión, regresara con Millie, su tía, por una vez, tendría que tragarse sus palabras.

Al menos, debería intentarlo para ver si funcionaba.

La puerta se abrió bruscamente y entró la mujer vestida de gris, que dijo sin más preámbulos:

–Me llamo Eleni Validis. Si me acompaña, le enseñaré su habitación.

Mientras Selena se levantaba, el ama de llaves cruzó la habitación y abrió las puertas de cristal de la pared de enfrente y retiró los postigos, que ocultaban un espacioso patio con una gran piscina en el centro.

Selena salió siguiendo a Eleni y sintió una bofetada de calor.

Después de retirar otros postigos y abrir otras puertas de cristal, se halló en un amplio dormitorio de paredes y baldosas de color crema, con la cama más grande que había visto en su vida, con sábanas de lino y una colcha azul doblada a los pies.

Frente a ella, flanqueado por varios armarios de madera clara, había un arco que conducía al cuarto de baño.

Desde el centro del techo llegaba el murmullo de un ventilador.

Selena tragó saliva y se volvió hacia Eleni.

–Es muy bonita, gracias –sonrió–. *Effjaristó*.

Pero el ama de llaves no le devolvió la sonrisa, sino que se limitó a inclinar la cabeza.

–La comida se servirá dentro de una hora. Yorgos vendrá para acompañarla al comedor –dicho lo cual, se dirigió a la puerta y se marchó.

«¡Vaya con la hospitalidad griega!», pensó Selena. «Aunque tal vez estén acostumbrados a huéspedes con más clase y menos problemas».

Después de haber examinado la habitación, le hubiera gustado darse una ducha o un baño, pero la disuadió el hecho de no tener ropa limpia que ponerse.

Una hora era demasiado tiempo para quedarse a solas con sus pensamientos, sobre todo cuando eran tan perturbadores como los que la asaltaban.

Fue casi un alivio que Millie entrara en la habitación con cara de pocos amigos.

—Kostas se ha ido.

—¿Que se ha ido?

—El bruto de su jefe se lo ha llevado al hotel.

—Ah –dijo Selena, al tiempo que suspiraba interiormente al haberse desvanecido sus esperanzas de que fuera cierto–. Allí es donde trabaja.

—Y más lejos de aquí no puede estar –contraatacó Millie–. Pero si esperan que eso vaya a separarnos, no se saldrán con la suya. Kostas va a pedirle prestado la moto a su primo.

Miró a su alrededor con el ceño fruncido.

—Ya veo quién es aquí la privilegiada: tu habitación es el doble de grande que la mía.

—Si tanto te importa, podemos intercambiarlas.

—¿Y desobedecer las órdenes del dios Constantinou? –preguntó Millie en tono desdeñoso–. ¿Bromeas? Prácticamente es el dueño de la isla y de todo lo que hay en ella. Todos hacen lo que a él se le antoja.

—Incluyéndote a ti –afirmó Selena con sequedad mientras observaba el vestido azul que llevaba su hermana–. ¿No es ese tu uniforme escolar?

Millie hizo una mueca.

—Me lo puse para ir al aeropuerto para complacer a la tía Nora. Y pensé que me vendría bien para presentarme ante la madre de Kostas. ¡Qué ilusa! En cuanto me vio, la vieja comenzó a darse golpes de pecho y a gritar como no te imaginas.

«Eso es lo que tú crees», se dijo Selena.

–Kostas y yo vinimos aquí con la esperanza de que su jefe le hablara en nuestro favor –prosiguió Millie con enfado y le pidiera que diera su consentimiento a la boda–. No sabíamos que ella había llegado primero.

–Probablemente estuviera preocupada por la desaparición de su hijo. Y tal vez haya merecido la pena si la señora Papoulis cree que intentas aprender a ser una buena esposa griega.

–No me apostaría nada. ¿Y por qué sigues aquí? ¿Por qué no te ha llevado el señor Constantinou a recoger tu equipaje para que tomes el ferry?

«La pregunta del millón», pensó Selena.

Contestó midiendo sus palabras.

–Porque también yo intento que la tía no sufra. Está enfadada porque no quieres volver a casa conmigo.

–Pues lo siento, pero Rimnos es mi hogar, por lo que no me voy a marchar ni ahora ni nunca. Así que te aguarda una larga espera. Que te diviertas.

Dicho lo cual, se marchó dejando a Selena de pie en medio de la hermosa habitación que ella misma había convertido en una trampa.

O tal vez hubiera sido él.

Y se estremeció.

Capítulo 6

LA COMIDA fue sencilla: pollo a la parrilla con ensalada griega, acompañado de vino blanco, y fruta de postre.

Selena, sorprendida, se dio cuenta de que estaba hambrienta y devoró todo lo que había en el plato.

–No es precisamente un banquete –comentó Millie con acritud mientras se tomaban un café griego, espeso y dulzón–. Ni tampoco esta casa es una mansión –añadió mientras miraba con desdén el comedor–. Y la piscina no es muy grande. Se diría que la familia Constantinou no es multimillonaria.

Selena dejó la copa sobre la mesa. Se había quedado repentinamente sin respiración, como si le hubieran dado una patada en las costillas.

«Eso es una tontería», pensó. «Alexis posee un hotel, eso es todo. Aunque incluso eso podría suponer una fortuna en esta isla tan pequeña».

Y sin embargo...

Como si hubiera vuelto a enfrentarse a un rompecabezas a medio hacer, las piezas comenzaron a ocupar su lugar.

Aunque un multimillonario no solía dedicarse a hacer inventario, tenía dinero para construir carreteras y plantas de producción de aceite, y para lanzar un nuevo producto a un mercado muy competitivo.

Además, Alexis le había mencionado de pasada

sus contactos en Estados Unidos, así como que poseía un helicóptero, como si ese fuera el medio de transporta más habitual.

Por no hablar del modo en que, sin esfuerzo aparente, se había hecho cargo de la situación. Además, había supuesto que ella seguiría su consejo, le permitiría resolver el problema y aceptaría su hospitalidad.

Era un hombre poderoso, acostumbrado a hacer lo que deseaba, a utilizar su poder y ser obedecido. A utilizar a la gente.

De cualquier forma...

«No sigas por ahí», se dijo Selena con fiereza.

–Tal vez no les guste alardear de su dinero en la actual situación económica, si es verdad que son tan ricos.

–Claro que lo son. Kostas dice que, además de esta casa, tienen una en Atenas y otra en Nueva York. Eleni nació allí y por eso habla tan bien inglés. Era la doncella de la señora Constantinou y conoció a Yorgos cuando la familia estaba de vacaciones allí. Él no quiso marcharse de la isla después de la boda, por lo que se convirtió en el mayordomo, y ella, en el ama de llaves. Tienen más trabajo desde que Alexis volvió.

Millie añadió en voz baja:

–Kostas me ha contado que Alexis se peleó con su padre por sus planes para la isla. Es lo que piensa todo el mundo.

Selena enarcó las cejas.

–Parece que Kostas es una mina de información.

Millie se encogió de hombros.

–Te digo que la familia Constantinou es muy importante en Rimnos. De todos modos, sigo pensando en casarme, por lo que necesitaré el certificado de nacimiento. Que no se te olvide.

–Haré todo lo que pueda. Y acabo de acordarme de otra cosa –se metió la mano en el bolsillo y sacó la pulsera de plata–. Me la he encontrado mientras recorría la isla.

–Me preguntaba dónde estaría –Millie le sonrió débilmente–. El cierre no ajusta bien –se terminó de beber el café y se levantó–. Voy a quitarme este horrible vestido y a tomar el sol en la piscina.

Mientras se dirigía a la puerta, esta se abrió para dar paso a Eleni, que llevaba una bandeja y un delantal que entregó a Millie.

El ama de llaves habló con voz agradable pero firme.

–Quite la mesa, por favor, y lleve la bandeja a la cocina. Hara, nuestra cocinera, le enseñará dónde va cada cosa y, después, la ayudará a preparar la cena.

Millie ahogó un grito.

–Pero si acabamos de comer –protestó–. Y hace un calor asfixiante.

–Aunque así sea, un hombre cansado y hambriento necesita alimentarse. Debe usted acostumbrarse, señorita Amelia.

Selena se preparó para la rabieta del siglo, pero, en lugar de eso, Millie hundió los hombros, masculló su asentimiento de mala gana y comenzó a poner los platos y los cubiertos en la bandeja.

Selena carraspeó.

–¿Puedo ayudar?

–No sería adecuado –dijo Eleni con fría cortesía– ya que es usted huésped del señor Alexis –hizo una seña a Millie para que la siguiera.

Selena se planteó si volver o no a su habitación, pero decidió que no era la única opción que tenía, ya que, en ese caso, acabaría pareciéndole una prisión.

Así que abrió la puerta del patio y salió. Volvió a tener la sensación de toparse con un muro ardiente.

Durante la comida habían puesto tumbonas con cojines y sombrillas alrededor de la piscina.

Selena se acercó a una a la que le daba un poco la sombra, colocó una sombrilla para protegerla por completo del sol y se tumbó. Al cabo de unos minutos, la blusa y los pantalones se le pegaban a la piel empapada de sudor.

Miró la piscina con deseo. Sabía que daría igual que hubiera llegado su maleta, porque había dejado el bañador en Inglaterra.

Había hecho el equipaje para una rápida visita, no para bañarse y tomar el sol.

Esa era una de las numerosas razones por las que no debía quedarse, sino volver a casa y enfrentarse a la ira de la tía Nora.

Pero la fundamental era que debía evitar relacionarse más con Alexis Constantinou.

No era que hubieran tenido mucha relación y, por supuesto, no había nada serio entre ellos, sobre todo por parte de él.

Alexis se había limitado simplemente a divertirse jugando con alguien del que inmediatamente había reconocido la falta de experiencia. Toda una novedad, sin duda, en el mundo en que se movía.

Toda una novedad también en el mundo de ella.

Pero fuera por un tardío sentimiento de decencia o por la sospecha de que la falta de experiencia de ella no sería sexualmente satisfactoria, él había impedido que lo sucedido en la cueva llegara a su obvia conclusión.

Pero ¿por qué no iba a haberlo impedido cuando podía elegir a la mujer que quisiera?

Ella debiera estarle agradecida porque hubiera reflexionado y se hubiera detenido a tiempo.

Además, todavía cabía la posibilidad de que Millie comenzara a tener dudas una vez que su idilio había chocado con la realidad. Su expresión en el comedor había sido una señal.

«Y si es así», se dijo Selena, «debo quedarme para ayudar a inclinar la balanza en la dirección correcta. Lo único que espero es que no tarde mucho en recuperar el juicio».

Al mismo tiempo, no hizo caso de la sospecha de que ella estaba empezando a perder el suyo.

Pero a medida que transcurrían los días, Selena se vio obligada a concluir que tanto sus esperanzas como sus miedos eran infundados.

Sorprendida, comprobó que las protestas de Millie sobre su nueva forma de vida no duraron mucho. Aceptó que solo vería a Kostas la tarde en que él libraba y que parte del tiempo que estuvieran juntos lo pasarían con el padre Stéfanos, para que ella conociera la religión ortodoxa.

Aún más sorprendente resultó que le gustara cocinar bajo la bondadosa dirección de Hara, la cocinera.

De hecho, la musaka que Millie había preparado para una de las comidas de la semana anterior estaba deliciosa.

Selena pensó que el plan no estaba funcionando. Y mientras tanto, a quien la había ayudado a urdirlo parecía habérselo tragado la tierra.

En casi tres semanas, Alexis no había visitado Villa Helios ni una sola vez ni dado señal alguna de vida.

No era que Selena deseara que estuviese allí, sino que, aunque al principio había supuesto una novedad estar en la piscina con el bikini que Millie le había dado diciéndole que era de Fiona y que lo había metido en su maleta por error, comenzaba a sentirse sola, lo cual era extraño en alguien muy acostumbrado a estar sin compañía.

Además, aunque le gustaba ponerse morena, le resultaba difícil relajarse, ya que, día a día, crecía su convicción de que no era bienvenida en la villa.

Eleni y Yorgos se portaban con fría cortesía y formalidad en tanto que Penélope, siempre que Selena intentaba charlar con ella, trataba de escabullirse.

Había pasado un tiempo explorando la casa y los alrededores, conociendo el edificio, el patio que lo rodeaba, los jardines de la parte de atrás y, más allá, la pista de aterrizaje del helicóptero y el enorme hangar en que se guardaba.

Sin embargo, la mayor parte del tiempo lo había dedicado a leer la pequeña colección de novela negra británica y americana que había encontrado en un armario del salón y que, según Eleni, había dejado la señora Constantinou. La información, acompañada de un profundo suspiro, hizo que Selena recordara que Alexis le había dicho que sus padres se habían divorciado.

Selena también suspiró al dejar la novela que estaba leyendo para entrar en la villa a cambiarse. Kostas llegaría pronto, posiblemente acompañado por el padre Stéfanos, y Eleni le había dado a entender que no sería adecuado que la viera en bikini durante sus visitas.

Así que volvería a ponerse una camiseta y la falda vaquera de la que ya estaba harta, a pesar de que se la lavaban, al igual que el resto de su escaso vestuario, cada vez que la llevaba.

Pero pensó que le daba tiempo a darse otro baño.

Se acercó a la piscina y se dispuso a zambullirse. Aquel era el verdadero lujo de Villa Helios, pensó. No la enorme cama, ni la ducha con chorros de distinta presión, sino aquella agua turquesa de la que podía disfrutar a solas, no como la piscina pública de Haylesford, siempre atestada de gente y donde no se podía nadar ni unos cuantos metros sin que alguien te cortara el paso. La echaría de menos cuando se fuera.

De hecho, sería lo único que echaría en falta, pensó, antes de tirarse al agua.

Se hizo un largo nadando deprisa y sintiendo la frescura del agua en la piel caliente y, al darse la vuelta, tomó aire y se sumergió por completo.

Fue entonces cuando se dio cuenta de que una sombra disminuía la luminosidad que había delante de ella, cambiando de forma debido a las ondas del agua, según se acercaba a ella.

Selena salió a la superficie y se agarró al borde de la piscina con una mano mientras que con la otra se apartaba el cabello de la cara antes de alzar la cabeza. Vio que Alexis esperaba en silencio y la miraba.

Sintió una mezcla de alegría y temor; alegría por volver a verlo y miedo porque temía que él se diera cuenta de los pensamientos que la habían acosado en la vigilia y en el sueño desde que él se había marchado.

De los intensos e inolvidables deseos que había despertado en ella en unos segundos y que rápidamente había lamentado. Debería recordar eso y ocultar lo demás.

—¿Te he asustado, Selene?

Ella se encogió de hombros y adoptó un aire despreocupado.

—Un poco. No sabía que ibas a venir.

–No me esperaban. Y yo no esperaba molestar a una ninfa.

–Ah –fue la única respuesta, totalmente inadecuada, que a ella se le ocurrió. Se sintió estúpida, allí, en el agua, mirándolo como un pez en una pecera. Cuando tomó impulso para salir de la piscina, él la agarró por las axilas y la levantó sin esfuerzo para depositarla en el suelo.

A continuación, se quitó la toalla que llevaba al hombro, que era la de Selena, y la envolvió en ella.

El contacto con su piel con los dedos masculinos fue mínimo, pero se extendió como el fuego por cada poro y cada terminación nerviosa de su cuerpo.

–Creo –dijo él en voz baja mirándola a lo ojos– que tenemos que hablar.

–Sí. Voy a vestirme.

–Te espero aquí.

Ella se duchó, se secó el cabello y se lo cepilló. El cepillo se le cayó dos veces, ya que tenía las manos torpes. La inesperada aparición de Alexis la había puesto nerviosa.

«Hablaremos y se irá», se dijo. «Así que tranquilízate».

Abrió el armario para buscar ropa interior limpia, pero aunque el montón de braguitas estaban en el entrepaño habitual, no halló ningún sujetador. Supuso que los habrían vuelto a dejar en la habitación de Millie.

Y no tenía tiempo de ponerse a buscarlos en aquella leonera.

Se puso una camiseta blanca con canalé, que le pareció que disimulaba bastante la ausencia de sujetador, y la falda vaquera con botones de arriba abajo y fue al encuentro de Alexis.

–Es evidente que tenemos que hablar de Millie y de lo que vamos a hacer, porque el plan A ha fallado y no tenemos un plan B –dijo ella.

Se calló durante unos segundos y añadió:

–¿Sabías que hace un par de días hizo queso feta? ¡Un queso feta! Para que Kostas se lo llevara a su madre –suspiró–. Reconocerás que está actuando con inteligencia.

–Con determinación, desde luego. Pero Anna Papoulis también es una mujer muy resuelta, y quiere una cuantiosa dote por su guapo hijo. Tal vez si tu tía no está dispuesta a darle nada, puedas convencerla para que venga a decírselo. La pierna ya se le debe de haber curado.

Selena titubeó.

–Ya le han quitado la escayola, pero tiene que ir a fisioterapia todos los días. Y ya ha tomado una decisión: Millie debe volver a casa. No va a ceder.

Él enarcó las cejas.

–¿Así que has hablado con ella?

–Brevemente. Es difícil encontrarla en casa porque está en fisioterapia o está fuera. Sus amigas se la llevan de excursión en el coche para que cambie de aires.

–¿No consideraría un viaje a Rimnos un cambio de aires? –preguntó él con ironía.

–No. ¿De verdad crees que el hecho de que Millie no tenga dinero haría que la madre de Kostas lo obligara a renunciar a ella?

–Lo intentará. Pero puede que descubra que el amor no se elimina tan fácilmente del corazón ni de la mente.

–Entonces, ¿crees en serio que Kostas quiere a mi hermana?

Alexis se encogió de hombros.

–Da muestras de ello. Ahora, en el bar del hotel, solo vende bebidas, no su compañía.

Selena se sonrojó.

–Buena elección –atinó a decir.

–Afortunado él que puede hacerla –observó él con dureza. Ella lo miró sorprendida.

Él le sonrió para tranquilizarla.

–Pero en este hermoso día, yo también puedo elegir y he decidido enseñarte la isla, si quieres acompañarme –y añadió con ironía–: Tu tía no será la única que cambie de aires.

Selena sabía que no debía hacerlo, que debiera inventarse una excusa, la que fuera. Sin embargo, no podía decirle que tenía cosas que hacer cuando él la había encontrado en la piscina.

Podía arriesgarse a pasar un día en su compañía antes de admitir la derrota y volverse a casa. O lo que hiciera las veces de casa, pensó con amargura, al imaginarse el ambiente que habría si volvía sin Millie.

Se recordó que no tenía que quedarse en Haylesford. El futuro de Millie ya no sería asunto tuyo, por lo que podría seguir con su vida.

Si encontraba otro trabajo antes de que el siguiente trimestre comenzara, podría ser independiente de forma inmediata.

–Di algo, Selene –dijo él en tono levemente burlón, como si esperase que fuera a rechazar su propuesta–. Dime si quieres que te deje en paz.

«Paz»: la palabra se le quedó clavada en el cerebro y volvió a sentirse confusa.

«¿Qué paz hay en no volverte a ver?», quiso gritarle. «Cuando sé que, a pesar de mí misma, he pensado en ti todos los días y todas las noches desde que llegué a la isla».

«¿Debo privarme de las últimas dos horas en su compañía sabiendo el precioso recuerdo que guardaré de ellas? ¿O demostrarle lo asustada que estoy de estar a solas con él?».

Lo miró a los ojos, con repentina temeridad, y le sonrió:

–Me gustaría ver algo más de la isla antes de marcharme, *efjaristó*.

–*Parakaló* –contestó él sonriéndole a su vez–. ¿Nos vamos?

Y así, pensó ella, con esa facilidad y rapidez había tomado la decisión que le cambiaría la vida para siempre.

Capítulo 7

AUNQUE entonces Selena no lo sabía, por supuesto.

Alexis se comportaba como un buen anfitrión, se había dicho. Salieron del patio, y ni siquiera el hecho de divisar a Eleni con el ceño fruncido hizo que cambiara su estado de ánimo.

¿Adónde irían?, se preguntó mientras él arrancaba el todoterreno. Al fin y al cabo, no podía haber mucho más en la isla de lo que habían visto cuando habían ido a buscar a Millie y a Kostas.

A no ser que él planeara llevarla de nuevo a la cueva.

Solo de pensarlo sintió un cálido cosquilleo en todo el cuerpo y se sorprendió de la intensidad de su deseo.

Para ocultar su confusión, se apresuró a hablar.

—Eres muy amable.

—En absoluto. He pensado que te gustaría conocer algo más de nuestra más importante industria.

«Geografía y economía», pensó ella.

Sintió que la desilusión la ahogaba, pero siguió hablando en tono alegre.

—¿Vamos a ir a ver cómo se fabrica el aceite? ¡Estupendo!

—Hoy no —Alexis giró a la derecha para tomar el camino de la costa, entre el mar y los olivos, una zona que ella no conocía. Vamos a ir adonde empezó todo.

«Y, además, un poco de historia...».

La boca le empezó a doler por el esfuerzo que le suponía sonreír, pero siguió haciéndolo. Él era amable, y ella debía estarle agradecida, que era lo único que él esperaría a cambio.

Pero su presencia la turbaba. Era consciente de su oscuro perfil y del movimiento de sus fuertes manos sobre el volante, lo cual le traía recuerdos de sus caricias que era mejor olvidar.

Se obligó a volver la cabeza y concentrarse en mirar el mar. La suave brisa rizaba levemente el agua hacia el horizonte y más allá. Una distancia que ella pronto recorrería en su viaje de vuelta a Inglaterra.

La idea de volver y el enfrentamiento inevitable con la tía Nora no le hacía ninguna gracia.

Se alegraría cuando el nuevo trimestre comenzara y pudiera sumergirse en las exigencias del trabajo en la escuela, pensó, mientras sentía que le escocían los ojos, cosa que atribuyó al reflejo del sol en el agua.

–¿Qué te pasa, Selene?

La pregunta la sobresaltó. No se había dado cuenta de que a él también la observaba a ella y volvió a mirarlo, levemente ruborizada.

–Supongo que es la tristeza habitual de volver a la normalidad.

–¿Rimnos no te ha parecido real?

«No», pensó ella. «Porque estás tú, se ha convertido en un sueño imposible del que no quiero despertar».

Hizo un esfuerzo sobrehumano para encogerse de hombros.

–No mucho, dadas las circunstancias. Si hubiera venido por mi cuenta, habría sido distinto.

–¿Crees que volverás?

«Si me lo pidieras, me quedaría».

¿Cómo se le había ocurrido semejante idea? Volvió a sonreír al tiempo que daba gracias al cielo por no haberla dicho en voz alta.

—Puede que algún día lo haga, dentro de unos años, cuando haya dejado de estudiar y esté trabajando. ¿Quién sabe?

—Entonces, debemos aprovechar al máximo el tiempo que nos queda.

De repente, ella se enfureció y le entraron ganas de atacarlo, de preguntarle: «Si eso es lo que piensas, ¿por qué no has venido en todo este tiempo? ¿Y qué me ofreces esta tarde?, ¿las migajas de la mesa del rico?».

Pero se mordió la lengua porque eran preguntas peligrosas que, además, no tenía derecho a hacer. Y probablemente recibiría respuestas que no quería oír.

«Déjalo estar», se dijo. «Acepta lo que hay y no esperes nada más».

Vio que Alexis había tomado un camino hacia el interior sombreado por otra plantación de olivos, cuyos troncos, de tan nudosos y retorcidos, parecían tener mil años. Y probablemente hubieran pasado ya sus mejores años porque, por mucho que se esforzaba estirando el cuello, no veía fruto alguno.

Al final, rompió el silencio.

—¿Son tuyos esos árboles? Supongo que estarás pensando en sustituirlos por otros.

Él le dirigió una mirada divertida.

—Sí, son míos, Selene, pero espero que me den una estupenda cosecha en noviembre.

—¿En serio? —ella les lanzó una mirada dubitativa.

—Las aceitunas son minúsculas, pero ya han salido.

Ella creyó que iba a parar el todoterreno para enseñárselas, pero él siguió conduciendo y aceleró para subir una cuesta, tras la cual, dejaron atrás los olivos.

Cuando se detuvieron, Alexis aparcó bajo un gran árbol cuyas hojas brillaban con el sol.

Tomó una mochila del asiento trasero del coche y dijo:

—Seguiremos a pie.

Ella tragó saliva al contemplar las colinas coronadas de rocas que se extendían ante su vista.

—No voy vestida para hacer senderismo.

Él le sonrió.

—No te preocupes. No vamos lejos y no vamos a subir.

La hierba, salpicada de flores, era mullida bajo sus pies. Alexis la tomó de la mano. Evitaron las cuestas más empinadas y fueron rodeando la colina.

Y allí, ocultas entre sus pliegues como si las hubiera depositado una mano gigante, estaban las tres columnas de piedra que se alzaban contra el cielo desde la base rocosa, rodeada de hierba.

A Selena le resultaban familiares por las botellas de aceite, pero, en su emplazamiento natural, la sorprendieron y le resultaron ajenas, como si formaran parte de un mundo totalmente distinto, antiguo y misterioso.

—Las columnas de Apolo son lo único que queda del templo. Son mi santuario desde que era niño. Siempre he venido aquí cuando tenía que reflexionar sobre lo que realmente quería de la vida. Y es el lugar donde la producción de aceite de oliva se convirtió para mí en algo más que un sueño.

Ella respiró hondo.

—Es precioso, pero no puede ser privado, debido a los numerosos turistas que hay en la isla.

Él negó con la cabeza.

–Vienen por las playas y las tabernas. Aquí no hay nada que los atraiga. No es Delfos ni hay cueva alguna con un oráculo oculto. Solo son unas ruinas.

–Pero son especiales para ti.

–Sí, por muchas razones –se calló y la miró a los ojos–. ¿Bajamos?

La cuesta no era muy inclinada, pero a Selena le pareció que estaba al borde de un abismo, que un paso en falso la haría caer en un olvido interminable.

«No tienes por qué estar aquí», le susurró una vocecita en su interior. «Tú ya sabes lo que quieres de la vida y no puedes permitirte otros deseos, sobre todo cuando son estúpidos e imposibles. Puedes retroceder, soltarte de su mano, decirle que te vas mañana y que tienes que hacer las maletas. Decirle algo, lo que sea, con tal de que puedas volver y sentirte segura».

Pero lo que dijo fue:

–Sí, muy bien.

El silencio los envolvió mientras bajaban al templo. No fue el silencio que ella había percibido el día de la tormenta, sino otro más profundo, íntimo y peligroso.

Al final del descenso, el terreno era llano y estaba cubierto de una alfombra de hierba.

Alexis le soltó la mano y ella se le adelantó y subió los dos escalones que llevaban al santuario y a las piedras caídas que, supuso ella, debían de haber sido el altar en otro tiempo.

¿Cuántos miles de años antes, se preguntó, se había construido aquello y había ido la gente a hacer ofrendas?

Una brisa como un suspiro pasó entre las columnas trayendo olor a orégano, menta y tomillo. ¿Crecerían silvestres por allí?

Se volvió a preguntar a Alexis y vio que él había sacado una manta de la mochila y la había tendido a la sombra de dos grandes piedras rectangulares. Se había tumbado y bebía agua de una botella.

Sacó otra, la abrió y se la tendió.

–¿No tienes sed después de la caminata?

No tenía sentido decir que no. Se dirigió lentamente hacia él y agarró la botella, antes de tumbarse al otro extremo de la manta.

Mientras bebía pensó en la tranquilidad que reinaba en aquel lugar. Y lo remoto que era. Demasiado tranquilo y remoto.

Inquieta, se dijo que tenía que irse mientras pudiera. Pensar una excusa y volver a la villa. Pero ¿qué podía decir? ¿Qué su hermana estaría preocupada cuando él sabía que Millie nunca pensaba en ella?

Al menos podía romper aquel peligroso silencio.

–¿Por qué es el templo de Apolo? Creía que Zeus era el dios griego más importante.

Él sonrió.

–En Rimnos siempre ha sido Apolo. La madre de Eleni, que fue mi niñera, nació aquí también y me llenaba la cabeza de antiguas leyendas. Me contaba que Apolo era el dios de la música, la poesía y la profecía y que, con el nombre de Febo Apolo, conducía el carro del sol por el cielo todos los días.

–¡Vaya! –aquello estaba mejor. Era una conversación trivial. Ella sonrió a su vez–. Un dios con mucho talento. Y yo que creía que solo se dedicaba a perseguir a las mujeres.

–También tenía tiempo para eso. Si no, no hubiera tenido hijos.

–¿Y eso era importante para un dios?

–Creo que lo es para todo el mundo. Además, uno

de sus hijos, Asclepio, fue el padre de la Medicina, y otro, Aristeo, enseñó a los griegos la agricultura, la apicultura, la ganadería, el cultivo del olivo e incluso a hacer queso. Por eso, debemos estarle agradecidos –concluyó él en tono ligero.

Ella respondió en el mismo tono.

–Ahora sé quién es el verdadero responsable de la inesperada pericia de Millie en la cocina.

–*Efjaristó*. Creí que ibas a echarme la culpa a mí.

Selena suspiró.

–Está empeñada en demostrar su valía, pero me sigue pareciendo que es demasiado joven para comprometerse de esa manera.

–Entonces, ¿no crees que a veces lo único que se necesita es una mirada, una palabra, para perderse para siempre?

Ella tragó saliva.

–No –respondió en tono desafiante. Y añadió para sí: «No puedo ni quiero creerlo. Tiene que ser imposible».

–Dime una cosa, Selene. ¿Cuántas veces has llamado a Inglaterra desde que llegaste a mi casa?

Ella lo miró con recelo.

–Creo que unas seis veces. Y voy a pagarte todas las llamadas antes de marcharme –añadió a la defensiva.

–No es necesario –aseguró él en un tono que no admitía réplica–. Pero todas ellas han sido, creo, a casa de tu tía. Ninguna a tu novio.

«¡Maldita sea! ¿Cómo se me ocurrió que era una buena idea inventarme su existencia?».

–Creo que eso es asunto mío –contestó con voz tensa.

–Aunque así sea, ¿qué va a pensar de un silencio tan largo?

Ella alzó la barbilla.

–Lo entenderá.

–¿Que lo entenderá? –repitió Alexis incrédulo–. Si yo estuviera en su pellejo, habría venido a buscarte antes de que hubiera transcurrido una semana.

–Ya te he dicho que es un hombre muy ocupado.

–¿Tanto como para olvidarse de la suavidad de tu piel, el aroma de tu cabello y la dulzura de tu boca?

Ella ahogó un grito al tiempo que se ruborizaba.

–No tienes derecho a decir eso –dijo sin aliento.

–Tengo todo el derecho del mundo –contestó él con intensidad mientras le quitaba la botella de la mano, la tapaba y la dejaba a un lado–. Porque yo no me he olvidado nada. No puedo.

Él no se había movido y, sin embargo, a ella le pareció que el espacio entre ambos había desaparecido.

Alexis la había vuelto a tomar de la mano y le besó levemente la palma, lo cual la hizo temblar.

Cerró los ojos para no ver su cabeza, tan cerca de la de ella.

«¡Por Dios!», pensó. «Tengo que hacer que se detenga».

Pero el ruido sordo de su pulso parecía repetirle sin parar: «Ya es tarde, ya es tarde».

Él le levantó la mano y se la puso en el hombro. Ella hubiera podido quitarla con facilidad, pero, en lugar de ello, se puso a recorrer sus músculos y huesos mientras él la atraía hacia sí.

Alexis le metió las manos por debajo de la camiseta y le acarició la espalda desnuda, recorriéndole la columna hasta los delicados omóplatos. Ella, involuntariamente, arqueó su cuerpo hacia él y entreabrió los labios al recordar el placer de sus caricias.

La boca masculina buscó la suya y sus lenguas se entrelazaron mientras él le rodeaba el cuerpo con las manos hasta llegar a los senos para acariciarle los endurecidos pezones con el pulgar hasta hacerla sentir un placer que casi era doloroso.

Ella gimió levemente en su boca. Se derritió en aquel beso y respondió a sus exigencias mientras exploraba libremente su lengua. Tensó el cuerpo contra el de él como si quisiera que su calor y su fuerza la absorbieran. Pensó, olvidándose de la timidez y las reticencias que hasta entonces la habían protegido, que había nacido para aquello.

Para esa hora, ese lugar y ese hombre.

Cuando, por fin, él alzó la cabeza, vio que tenía los ojos borrosos, como si estuviera aturdido. Y habló con voz ronca.

–¿Sabes lo hermosa que eres, Selene?, ¿lo mucho que necesito verte entera?

Ella lo miró con los ojos como platos al darse cuenta de lo que le pedía. Durante unos segundos, la asaltaron las dudas y se pregunto cómo se sentiría si la vez siguiente que lo mirara a los ojos viera en ellos su decepción.

–Te deseo tanto, cariño –sus palabras eran como una caricia, que transformaba cualquier resto de miedo en deseo–. Dime que tú también me deseas.

Selena se incorporó para sentarse. Le puso la mano en el rostro, le acarició la mejilla y descendió hasta la mandíbula.

Respiró hondo, se quitó la camiseta, la echó a un lado y se tumbó en la manta sonriéndole.

Él se inclino sobre ella, le besó los senos, se los lamió suavemente y jugueteó con los endurecidos pezones con la lengua.

Ella gritó con voz ronca, una voz que no reconoció, con la que expresaba un deseo tan profundo y urgente como el de él.

—Sí —dijo él—. Te lo prometo.

Le desabotonó la falda, empezando por abajo y se la abrió como si fuera a descubrir una valiosa obra de arte. A ella ya solo la cubrían las braguitas de encaje.

Selena vio cómo le brillaban los ojos y la ternura y el placer de su sonrisa mientras la examinaba y volvía a acariciar.

Sus dedos eran suaves y le rozaron los hombros y las axilas antes de volver a los senos. Sus labios siguieron el camino de sus dedos sobre cada curva y cada hueco. Se fue desplazando hacia abajo muy lentamente hasta llegar al estómago, donde jugueteó con el ombligo antes de llegar a las braguitas, que le quitó con rapidez y destreza.

Ella lo oyó lanzar un profundo suspiro cuando la miró. La acarició desde la garganta hasta los empeines y volvió a subir a los muslos, que separó con caricias como si supiera que el temblor de su carne lo provocaba tanto la excitación como la timidez.

—Confía en mí, *agapi mu* —susurró él—. Déjame que aprenda a complacerte.

Con la mano exploró los delicados pliegues de su feminidad hasta encontrar el minúsculo promontorio que escondían, que acarició lenta pero firmemente con la punta de los dedos, eliminando cualquier duda que a ella le quedara y conduciéndola, sin prisas, a una sensual y tumultuosa a excitación física.

El momento de resistirse, si hubiera sido posible, había pasado.

Selena, con los ojos medio cerrados, se había rendido, y todos sus pensamientos y terminaciones nerviosas se hallaban centrados en la sorprendente reacción de su cuerpo a cada nueva y deliciosa sensación.

Fue incapaz de controlar un gemido cuando los dedos masculinos presionaron su húmedo centro para detenerse y esperar a que hubiera alguna señal de incomodidad, antes de penetrarla más profundamente y ofrecerle una primicia de lo que vendría.

Ella se movió inquieta ante la embestida de sus dedos. Su instinto le indicaba que quería que el futuro se transformara en presente, que necesitaba sentir la piel desnuda de él en la suya, sentir su dura masculinidad en su interior y poseerlo a su vez. Extendió las manos hacia él y comenzó a desabrocharle torpemente los pantalones.

–Ah, no –Alexis la agarró de las muñecas y le colocó las manos a los lados–. Esto es para ti, cielo, solo para ti.

Y volvió a inclinarse hacia ella. Pero esa vez empleó la boca y la lengua sobre su ardiente centro, lo que hizo que ella se retorciera y se estremeciera sin poderlo evitar, abandonándose a aquella intimidad definitiva, al tiempo que percibía un extraño nudo que se tensaba en su interior de forma inexorable y la conducía al límite de lo que podía soportar.

Ella gritó algo que podía haber sido el nombre de él y el nudo se deshizo. Se sintió libre, pero en medio de un caos palpitante en el que los dulces y agudos espasmos de placer apenas se distinguían del dolor.

El temblor fue atenuándose y sus sentidos comenzaron a calmarse mientras ella volvía a la realidad de los brazos de Alexis que la estrechaba contra sí y le susurraba tiernamente en su lengua. Y Selena también se dio cuenta de que lo miraba a través de las lágrimas.

Avergonzada, se sentó y se frotó los ojos como una niña mientras intentaba desesperadamente pensar en cómo reaccionar y maldecía su falta de experiencia, que la había puesto en aquella violenta situación. Al final decidió que lo único que valía era decir la verdad.

Tragó saliva.

—No... no sé qué decir.

—Creo que yo tampoco —observó él en voz baja.

Ella se mordió el labio.

—De todos modos, creo que debiera vestirme, a no ser que tú... A no ser, desde luego, que quieras...

—Ya te he dicho que esto era solo para ti, *agapi mu* —le sonrió—. Puedo esperar.

Alexis se levantó, le dio la espalda y se alejó mientras ella se ponía la ropa. Y le estuvo agradecida, lo cual era absurdo después de lo que él acababa de hacer y ver. Pero se sentía tímida e insegura.

—Estoy lista —dijo. Y como él seguía donde estaba, repitió la frase en voz más alta.

Él se volvió al instante sonriendo, pero de manera forzada.

—Perdona, estaba pensando.

¿Pensando o lamentando lo que había hecho?, se preguntó ella.

Y esa pregunta continuó ocupando sus pensamientos durante todo el trayecto de vuelta a la villa.

Capítulo 8

SELENA pensó que debía de haber perdido el juicio o, mejor dicho, que se lo habían robado o que la habían seducido para conseguirlo.

Pero el sentido común le indicaba que no había sido una seducción convencional en modo alguno. De hecho, no sabía bien cómo describirla ni cómo justificar el largo y dulce escalofrío que la recorría al recordarla.

¿Y qué pensar del viaje de vuelta a la villa que había transcurrido en un silencio sepulcral?

Por suerte, estaba sola. Millie, pendiente solo de Kostas, probablemente no se había dado cuenta de su ausencia, por lo que tenía tiempo de recuperar el equilibrio y entender lo sucedido.

Porque, muy pronto, a la hora de cenar, vería de nuevo a Alexis y tendría que hacerlo sin ruborizarse ni tartamudear.

Y le parecía importante que, cuando se vieran, ella no llevara la ropa que él le había quitado con tanta habilidad.

«No sigas por ahí», se dijo al tiempo que se llevaba las manos a las encarnadas mejillas. «Mantén la cordura».

Para cambiarse de ropa no tenía mucho donde elegir, así que se puso unos pantalones pirata y una blusa blanca que había comprado en su último año escolar.

También debía hacerse algo en el cabello. Si se lo dejaba suelto, recordaría los dedos de Alexis acariciándoselo mientras la besaba, así que se lo recogió en una cola de caballo.

Pero las precauciones que había tomado resultaron innecesarias, ya que Alexis no cenó allí, pues había regresado al hotel con Kostas, según la informó Millie.

Selena cenó con el piloto automático puesto. Estaba perpleja y sin saber qué pensar.

Él se había marchado. Parecía que había jugado con ella, que se había divertido venciendo las inhibiciones de aquella virgencita inglesa que había entrado por error en su vida.

«Y que no perdería ni un minuto en salir de ella», se dijo.

–¡Por Dios, Lena! –exclamó Millie con impaciencia–. ¿Estás sorda o en trance? Te he preguntado dos veces cuándo vuelves a Inglaterra. Ya sabes que necesito el certificado de nacimiento.

–¿Te parece bien mañana?

–Muy bien –Millie la miró sorprendida–. Espero que la tía Nora no se enfade mucho contigo.

Su hermana se encogió de hombros.

–Y yo espero que ya haya aceptado la situación. ¿Te mando aquí el certificado?

–No, mándaselo a Kostas, al hotel. Yo me marcho a casa de su tía Evantia, que vive fuera del pueblo.

Selena enarcó las cejas.

–¿La hermana de su madre?

–No, la hermana de su padre. Parece que son como la noche y el día –Millie soltó una risita–. Creo que será mejor que esté allí. Además, me parece que tú y yo ya no somos bienvenidas en esta casa, ¿no crees?

–Probablemente –contestó Selena en voz baja.

Estaba haciendo las maletas cuando Eleni entró con un montón de ropa limpia.

–Me marcho mañana, señora Validis. ¿Podría su esposo llevarme al ferry?

Vio la expresión de sorpresa del ama de llaves, seguida de la de alivio, pero la voz de Eleni siguió siendo educada.

–Desde luego. ¿Quiere tomar el ferry de la mañana? ¿Le digo a Yorgos que pase a recogerla a las diez?

–Sí, muy bien.

En la puerta, Eleni pareció estar a punto de decir algo, pero se marchó en silencio.

Selena suspiró, metió la ropa limpia en la bolsa y se puso a pensar en el viaje. No estaba segura de cuándo podría tomar un avión desde Mikonos, pero tenía suficiente crédito en la tarjeta que la tía Nora le había entregado de mala gana para alojarse una o dos noches en algún sitio.

Pero la incertidumbre merecería la pena si la rescataba de la situación en que se hallaba.

«Si me salva de mí misma y de ese desconocido que habita en mi cabeza y en mi cuerpo».

Nunca la había atraído nadie seriamente. Había estado muy ocupada, además de ser muy tímida.

Se mordió el labio inferior con fuerza, atormentada por el recuerdo de la rapidez y las ganas con que había cedido.

Como si llevara toda la vida esperando ese momento. A ese hombre.

«Es lamentable», pensó.

¿Y cuánto tardaría en sobreponerse a aquella ridícula debilidad?, ¿en olvidar a Alexis con la misma facilidad que él la había olvidado al marcharse sin decirle nada?

«Cuando comience el trimestre, me será más fácil. Hasta entonces, buscaré trabajo de camarera o de reponedora, de lo que sea con tal de estar ocupada».

Y pronto, aquellas semanas en Grecia le parecerían un mal sueño.

Si había pensado que acostarse temprano la tranquilizaría, pronto se dio cuenta de su error. Al final, a medianoche, cayó en un sueño agitado, del que despertó sentada en la cama con el corazón acelerado.

La pareció que le faltaba el aire en aquella habitación y pensó que tal vez fuera la causa de que no pudiera dormir bien. Sin embargo, le pareció una estupidez quejarse del calor cuando pronto se enfrentaría al invierno inglés.

Decidió abrir las contraventanas para que entrara algo de brisa, a pesar de arriesgarse a que entraran mosquitos.

Con el camisón pegado al cuerpo, se levantó de la cama, se apartó el cabello de la frente húmeda y agradeció la frialdad del suelo al pisarlo con los pies desnudos.

Abrió las contraventanas y salió al patio, pero se detuvo bruscamente al darse cuenta de que no estaba sola, de que alguien que estaba echado en una de las tumbonas se había levantado.

Incrédula, vio que era Alexis mientras él le decía:

—Ah, eres tú.

—¿Qué haces aquí?

—Esperarte.

—Habías vuelto al hotel.

—Tenía que terminar algunos asuntos —estaba descalzo como ella y llevaba puesto un albornoz—. Como ya los he acabado, he vuelto.

—Sí, pero... —ella, nerviosa, titubeó.

—¿Pero...?

Selena extendió las manos con impotencia.

–Me dices que me estabas esperando, pero no podías saber que estaba despierta ni, mucho menos, que saldría.

Él se encogió de hombros.

–No podía dormir. Creí que a ti te pasaría lo mismo –dio un paso hacia ella–. Y por la misma razón.

–No sé a qué te refieres.

Él chasqueó la lengua en señal de desaprobación.

–Eso no es digno de ti *agapi mu*, además de no ser cierto.

–Estoy preocupada por el viaje –improvisó ella a la desesperada–. Me marcho mañana. Vuelvo a casa.

Él se le acercó más y le habló con voz ronca.

–Entonces, tenemos el resto de la noche –la tomó en brazos y la llevó a una habitación al otro extremo del patio, en la que una lámpara al lado de la cama daba una luz mortecina.

«Su cama», pensó Selena, aturdida. «Su cama... También esperándome».

Tenía que decir o hacer algo para detener aquello inmediatamente, antes de que el error de la tarde se transformara en el desastre de la noche.

En lugar de ello, apoyó el rostro en su hombro y su resolución se debilitó al aspirar el aroma de su piel. Se apretó más contra la fuerza y la calidez de su cuerpo.

«Solo esta vez», rogó a cualesquiera que fueran los dioses que la estuvieran escuchando. «Quiero tener este recuerdo y, después, me marcharé. Volveré a mi vida, pero estaré más capacitada para enfrentarme a ella».

Le pasó el brazo por el cuello y lo atrajo hacia sus labios. Él la besó con ternura pero, por debajo de ella, Selena percibió un deseo oscuro, una fuerza aún contenida, y vaciló.

Alexis levantó al cabeza y la miró a los ojos.

—No debes tener miedo —murmuró mientras la depositaba en la cama—. No de mí. ¿Cómo voy a hacer daño a mi propia alma? —le sonrió mientras le acariciaba el rostro y fue a cerrar las contraventanas y a correr las finas cortinas antes de quitarse el albornoz.

Estaba desnudo. Y aunque ella no tenía con qué compararlo, su timidez y aprensión iniciales se evaporaron al mirarlo mientras volvía a la cama. Y a ella.

—No me mires así —dijo él con voz risueña—. Vas a hacer que me sonroje.

—¿Cómo te estoy mirando? —susurró ella sonriendo mientras él la tomaba en sus brazos.

—Como un gatito miraría un plato de leche.

Volvió a besarla, acarició su boca con la suya, después la frente, los ojos y las mejillas, antes de volver lentamente a sus labios entreabiertos.

Le bajó las hombreras del camisón y se lo quitó

—He soñado contigo así, *agapi mu* —dijo en voz baja— desnuda en mi cama, tu cabello como rayos de luna sobre mi almohada. Y mi sueño se ha hecho realidad.

Tiró el camisón al suelo y comenzó a acariciarle los senos, cuyos pezones se irguieron y endurecieron bajo sus dedos, lo que hizo que ella lanzara un suspiro de placer, que se convirtió en un ronco gemido cuando él se los chupó lenta y dulcemente.

—Exquisitos —susurró él—. Como dos rosas perfectas.

Sus bocas volvieron a encontrarse y la lengua de él se deslizó suavemente por la de ella. Selena lo abrazó por el cuello y jugueteó con el cabello de su nuca.

Alexis le deslizó las manos por la espalda hasta llegar a las nalgas, que agarró para estrecharla más contra sí, de modo que su orgullosa masculinidad le presionara el vientre. Ella sintió una humedad caliente entre los muslos que indicaba que su cuerpo estaba listo para recibirlo.

Se retorció debajo de él, inquieta y lo exploró con las manos, agarrándolo con desvergonzada avaricia.

–Por favor... –a ella le fue difícil reconocer su propia voz–. Por favor....

–Enseguida –susurró él con voz ronca–. Ten paciencia, cielo. Primero, voy a protegerte.

Se levantó y abrió el cajón de la mesilla de noche, del que extrajo un paquetito que rasgó.

«Sexo seguro», pensó ella con la poca capacidad de razonar que le quedaba. A eso se había referido él, desde luego. Pero no existía algo así. Ella lo sabía, a pesar de su limitada experiencia.

Porque el sexo era salvaje, excitante, peligroso y se apoderaba de tu cuerpo y tu mente. Nunca era seguro.

Alexis volvió y ella dejó de pensar cuando los dedos masculinos le separaron los delicados pétalos de su feminidad y comprobó el calor líquido que ocultaban.

Selena se arqueó hacia él ahogando un grito y él volvió a acariciar su hinchada cresta, infligiéndole un delicioso tormento al llevarla al límite para hacerla esperar y prolongar el exquisito momento que ella anticipaba.

La boca de ella buscó la suya para besarlo enfebrecida, casi con desesperación, mientras sollozaba en silencio y le mordisqueaba el labio inferior.

Él pronunció su nombre en voz baja. Después, su mano se movió con intensa precisión y la condujo por fin hasta el éxtasis.

Selena gritó ciega de júbilo y, al mismo tiempo, se dio cuenta de que él se situaba encima de ella con los brazos apoyados a los lados de su cuerpo antes de penetrarla con una poderosa embestida.

Se detuvo durante unos instantes mirándola con intensidad buscando algún signo de incomodidad o renuencia. Después, suavemente y sin prisas, comenzó a penetrarla más profundamente. Y ella quiso más.

Mucho más. Todo lo que la esperaba.

Se agarró a sus hombros y levantó las piernas para enlazarlas alrededor de sus caderas. Se movió con él, contra él, con aquel ritmo único. Rodeó con sus músculos su encendida masculinidad y tomó de él todo lo que le ofrecía, impulsada por el deseo de fundirse con él y ser una sola persona.

El ritmo se aceleró e intensificó.

Ella se vio atrapada y arrastrada por la corriente del deseo mutuo, con todo su ser concentrado en las sensaciones que se acumulaban en su interior y que la conducían inexorablemente a un nuevo ascenso hacia el placer.

«No», pensó aturdida. «Es demasiado pronto...».

Pero allí estaba. Fue lanzada entre gritos y temblores al tormentoso tumulto del clímax y, cuando se hallaba en la cima, oyó que Alexis gemía y se estremecía en su interior al alcanzarlo él también.

Se quedaron quietos y abrazados, jadeantes, hasta que su respiración recuperó su ritmo normal. Por fin, Alexis se separó suavemente de ella y fue al cuarto de baño.

Cuando volvió a la cama, la abrazó y le apartó el cabello bañado en sudor de la frente.

–¿No tienes nada que decir, ángel mío? –susurró.

Ella suspiró.

–Ha sido... increíble.

–Lamento que creas eso –contestó él con voz risueña–. La próxima vez trataré de ser más convincente.

Ella soltó una risita.

–¿Y cuándo será eso?

–Cuando me haya recuperado un poco –respondió él antes de besarle la cabeza–. Solo los dioses eran incansables cuando hacían el amor, *agapi mu*. Por desgracia, a los hombres no nos concedieron el mismo don, aunque sí a las mujeres.

Ella se apretó más contra él.

–Qué crueles.

–Es lo que siempre he pensado. ¿Qué te parece si aprendes un poco de griego mientras esperamos?

–¿Por qué no? –contestó ella mientras le recorría el vello del pecho con el dedo–. ¿Qué quieres que diga?

–Empecemos por *s'agapo*.

–*S'agapo* –repitió ella obedientemente–. ¿Qué significa?

–Me acabas de decir que me quieres.

Ella lanzó un grito de indignación.

–Pero eso...

Él la hizo callar con un beso.

–¿Acaso no es verdad? ¿Sigues sosteniendo que el amor no puede producirse tan deprisa ni de forma total?

Ella se mantuvo en silencio durante unos segundos y después dijo con voz ronca:

–Ayer te hubiera dicho que sí; ahora, no lo sé. Y no se trata solo de... esto. Es que cuando me tomas de la mano, de repente me siento segura. Es como si... –titubeó.

–¿Como si hubieras llegado a tu hogar? Porque así es como me siento yo.

–Entonces, ¿por qué desapareciste y me dejaste de nuevo a la intemperie? –Selena se calló bruscamente, antes de añadir–: Vaya, qué necesitada parezco.

–Pero yo también tengo necesidades, además de una pregunta que hacerte. ¿*M'agapas*? ¿Me quieres?

–Alexis, no tienes que...

Él la hizo callar con otro beso.

—Pregúntamelo.

Ella alzó la mano y le acarició la mejilla.

—¿*M'agapas*, Alexis?

Él le agarró la mano y la sostuvo en la suya.

—Sí, hermosa mía, creo que desde que te vi. Y te querré mientras viva. Pero te confesaré que no creía que hubiera sitio en mi vida para el amor y por eso me distancié de ti

Hizo una mueca antes de proseguir.

—Pero descubrí que no había hora del día en que no pensara en ti, en que no deseara estar contigo ni en que no recordara la sensación de tenerte en mis brazos y la dulzura de tu boca.

—Sin embargo, cuando he vuelto me has dicho que te marchabas —respiró hondo—. No puede ser. Ahora, no. Debemos estar juntos.

Selena se mordió los labios.

—Pero tengo que volver. Millie necesita el certificado de nacimiento y...

—Ya habrá tiempo para eso. Ahora necesitamos tiempo para nosotros. Quédate conmigo hasta que pueda acompañarte a Inglaterra.

—Pero mi tía...

—Cuando llegue el momento, le haremos frente juntos.

Ella rio.

—Debes de quererme de verdad.

—Puedes creerlo —afirmó él, casi con fiereza.

Le tomó el rostro entre las manos y aproximó su boca a la de ella para besarla profunda y cálidamente. Ella suspiró de placer.

Selena le acarició el pecho, los pezones y le recorrió las costillas con los dedos al tiempo que disfrutaba de cómo se le aceleraba el corazón con sus caricias.

Envalentonada, deslizó la mano por su abdomen y siguió hacia abajo. Sintió que él se removía y endurecía al tocarlo y acariciarlo.

Alexis se tumbó sobre las almohadas con los ojos medio cerrados y una leve sonrisa jugueteando en los labios.

—¿Qué haces? —preguntó en voz baja.

—Ser una gatita —susurró ella— que espera su próximo plato de leche.

A la mañana siguiente, la despertó la voz de Millie.

—Despierta, Lena. Tienes que tomar el ferry.

Selena se sentó bruscamente en la cama y ahogó un grito al darse cuenta de que no solo estaba en su habitación, sino también vestida con el camisón.

Como si la noche anterior no hubiera sucedido.

Pero los leves dolores que experimentaba, acompañados de una sensación de lánguido bienestar, le indicaron que no era así.

Pensó que Alexis debía de haberla llevado de vuelta a la habitación y acostado como a una niña pequeña. Reprimió una risita.

Millie le dio una taza de café.

—Se ha armado una buena —dijo—. Eleni y su querido señor Alexis, el que nunca hace nada mal, están teniendo una terrible discusión.

Selena estuvo a punto de verter el café.

—¿Sabes por qué?

Millie se encogió de hombros.

—¿Cómo voy a saberlo? No hablo griego, pero supongo que Kostas me lo dirá. Sabe todo lo que pasa.

Se calló durante unos segundos.

–No te olvides de mi pulsera ni de devolver el bikini a Fiona, si es que aún lo quiere. Y, por favor, haz todo lo posible por arreglar las cosas con la tía Nora. Convéncela de que venga a la boda. Parece que en esta isla saben montar fiestas a lo grande.

Se marchó y Selena se quedó aturdida e inquieta. Y cuando, después de haberse bañado y vestido y con la bolsa en la mano, vio a Yorgos esperándola para llevarla al ferry, su desconcierto aumentó.

¿Había soñado la noche anterior? ¿Se había imaginado que Alexis le había dicho que la quería, no una sino varias veces, durante aquella larga y embriagadora noche? ¿No le había pedido él que se quedara?

Porque si todo había sido real, ¿dónde estaba él? Sabía que no podía preguntárselo a nadie.

–Mi esposa no está bien –comentó Yorgos mientras metía la bolsa en el coche–. Pero le desea buen viaje.

Selena estaba segura de que había sido ella la causa de la discusión anterior. Tragó saliva.

–Por favor, dele las gracias por... –no pudo decir por «haberme acogido tan bien» ni «por haber hecho que me sintiera a gusto», pero consiguió decir–: Por cuidar de mí.

El viaje transcurrió en silencio. Selena estaba inmersa en sus pensamientos, cada vez más sombríos, y Yorgos, en sus propias preocupaciones.

Cuando llegaron al muelle, el ferry estaba entrando en el puerto.

Selena se bajó del coche y fue a agarrar la bolsa, pero vio que Yorgos ya lo había hecho por ella y que la asía con fuerza.

A Selena se le cayó el alma a los pies. Era evidente que él iba a esperar hasta que la viera subir a bordo y el barco se marchara. Era como si la hubieran deportado, pensó avergonzada.

Consiguió esbozar una sonrisa y le tendió la mano.

—Puedo arreglármelas sola. No hace falta que se quede.

Estaba dispuesta a discutir con él, pero Yorgos no dijo nada, sino que miró por encima de la cabeza de ella, consternado.

Selena giró la cabeza y vio a Alexis a unos metros de distancia, con las gafas de sol en la cabeza.

Sus ojos se encontraron. Él le sonrió y ella sintió que el vacío que la llenaba se evaporaba.

—Ya me hago cargo yo de la señorita Blake, Yorgos. Puedes volver a casa.

Yorgos masculló algo, dejó la bolsa en el suelo, se montó en el coche y se marchó.

Se produjo un silencio y fue Alexis quien lo rompió.

—¿Creías que iba a consentir que te fueras de mi vida?

Ella lo miró con gravedad.

—No estaba segura. Millie me ha dicho que Eleni estaba enfadada. No quiero causarte más problemas.

Él se encogió de hombros.

—Eleni y yo no somos de la misma opinión. A veces, ella se olvida de que ya no soy un bebé. Pero no debes preocuparte por eso. A no ser que de verdad quieras marcharte.

Ella negó con la cabeza y dejó que él la tomara de la mano y se la llevara de allí.

Capítulo 9

CON su mano en la de él, Selena se sintió, valo-
rada, segura y deseada, en aquel momento y
en los días y noches que siguieron.

Pero, sobre todo, se sintió querida de un modo que
no sabía que existiera. La pasión mutua la suavizaba
la ternura y la consideración hacia el otro. Y el cuerpo
de ella, libre de inhibiciones, se abría a él en cuanto la
acariciaba.

Y Alexis también la mimaba. Insistió en llevarla de
compras a Mikonos y, aunque ella se había negado a
que le comprara ropa de diseño, había adquirido varios bikinis con pareos a juego, camisas de seda, pantalones blancos y bonitos vestidos que flotaban como
nubes.

Alexis le había susurrado que disfrutaría quitán-
dole todas esas prendas. Y la sonrisa de Selena le había indicado que ella también.

La mayor parte de los días se marchaban en el coche, comían pescado recién capturado en tabernas de
la costa e iban con frecuencia a las columnas de Apolo
a hacer el amor por la tarde. También solían cenar
fuera, en lugares donde había música y bailes griegos
tradicionales, en los que Selena, a pesar de sus protestas iniciales, se veía obligada a participar.

–Tienes que aprender –le dijo Alexis– para bailar
en la boda de tu hermana.

Sin embargo, en ninguno de sus recorridos por la isla volvieron a la villa, lo que confirmó las sospechas de Selena de que ella era la causa de las diferencias de opinión entre Alexis y Eleni, lo cual la preocupaba.

El apartamento de Alexis en el hotel se convirtió en su residencia, y si el personal desaprobaba su presencia, no daba muestras de ello, sino que la trataban con extremada cortesía.

Salvo Kostas, que hacía lo imposible por evitarla.

Selena le había propuesto que Millie fuera con ella de vez en cuando a la piscina o a la playa del hotel, pero él se había negado tajantemente.

–Eres una amiga del señor Constantinou con la que se acuesta, y eso me ha causado más problemas con mi madre –le había dicho en tono sombrío–. Es mejor que mi Amelia no esté contigo.

Selena estuvo a punto de recordarle que no se hallaba en situación de emitir juicios morales, pero decidió que sería más educado no decir nada y esperar a que las cosas se resolvieran por sí mismas, aunque no sabía cómo.

Las únicas veces que se separaba de Alexis era cuando él iba a Atenas, viajes que solían durar veinticuatro horas como mínimo.

Selena lo echaba de menos con desesperación en sus breves ausencias. Le resultaba difícil conciliar el sueño al no estar en sus brazos. Le preguntó si podía acompañarlo, pero él se negó aduciendo que Atenas era una ciudad triste y poco segura. Ella aceptó la explicación a regañadientes.

Sin embargo, cuando él le anunció que su siguiente viaje sería mucho más largo, de una semana o más, ella decidió volver a Haylesford, no solo por Millie, sino también por ella misma.

Debía contar a la tía Nora que iba a dejar en suspenso sus planes profesionales y a volver a Rimnos, y capear el temporal que se produciría inevitablemente.

Pero su plan no fue del agrado de Alexis.

—Espera un poco a que pueda acompañarte —le pidió.

Pero Selena, presionada por Millie, que estaba ansiosa por fijar la fecha de la boda, se mantuvo firme.

—Me las arreglaré con la tía Nora —afirmó con una convicción que estaba lejos de sentir—. Y estaré de vuelta antes que tú.

—¿Me lo prometes? —preguntó él en tono sombrío.

—Te lo juro. Además, tengo que irme porque Stelios me ha conseguido un vuelo de milagro, y no puedo defraudarlo.

Él sonrió levemente.

—Tengo que acordarme de agradecérselo.

—Hazlo —contestó ella antes de besarlo.

Sin embargo, la noche previa a su partida, él le hizo el amor con fiereza, casi son desesperación, lo que la hizo alcanzar nuevas cotas de placer, pero la dejó triste y desamparada, incluso antes de despedirse.

Y su estado de ánimo no mejoró con el cielo gris y la lluvia que la recibieron en Inglaterra. Cuando llegó a casa de su tía desde la estación estaba empapada.

No había nadie en casa. Fue a la cocina y encendió el hervidor. Después subió a su cuarto. La cama estaba recién hecha, lo que indicaba que su tía había recibido el mensaje telefónico que le había dejado, por lo que su ausencia sería temporal.

Se tomó unos huevos revueltos con tostadas y dos tazas de café y se fue al centro; en primer lugar, a la joyería, donde arreglaron la pulsera de Millie mientras ella esperaba, y después a la agencia de viajes para reservar un vuelo de vuelta a Mikonos para el día siguiente.

De camino a su casa, una voz femenina la saludó.

–Hola, Selena.

Se volvió y vio a Daisy y Fiona.

«Lo que me faltaba», pensó, pero las saludó educadamente.

–¿Dónde está Millie? –preguntó Daisy mirando a su alrededor como si esperase que fuera a salir de detrás de una farola para darles un susto.

–En Rimnos, preparando la boda.

–¿La boda? –dijo Fiona–. Increíble. Pensábamos que ya estaría harta de su semental griego, ¿verdad, Daisy?

–Pues, ya veis –dijo Selena intentando seguir su camino.

–Así que no has conseguido disuadirla en todo este tiempo –comentó Daisy soltando una risita–. ¿O te has quedado porque alguien te ha convencido?

Selena se ruborizó, pero consiguió encogerse de hombros.

–Creo que es mejor tener una profesión. Millie no la tiene. Le diré que os he visto.

–Y dile que nos invite a la boda –gritó Fiona mientras ella ya se alejaba.

«Cuando las ranas críen pelo», pensó Selena. «Ni siquiera estoy segura de que me invite a mí, a juzgar por lo que Kostas me dijo el otro día».

«Una amiga con la que se acuesta», la había llamado, lo que sonaba algo mejor que «amante» o «prostituta», pero significaba lo mismo. Le dolía saber que, por eso, Anna Papoulis la despreciaba.

Y también era doloroso porque estaba muy lejos de ser «esposa».

«Vaya, ya lo he dicho. Tengo que reconocer que, en todo este tiempo, Alexis no ha hablado de matrimonio ni me ha propuesto que me quede con él de forma permanente. O no del modo que yo esperaba en secreto».

Tal vez estuviera esperando a que Millie y Kostas se casaran. O tal vez no.

Se sintió muy desanimada durante unos segundos, pero se rehizo al recordar las cálidas noches iluminadas por la luna y las manos y la boca de Alexis acariciándola y excitándola. Pero sobre todo, su voz susurrándole: «*S'agapo*».

«Te quiero».

¿Y no era eso lo único que importaba?

Suspiró. Si se lo repetía el número suficiente de veces, acabaría por creérselo.

Una vez en casa, buscó en un cajón del escritorio de su tía el certificado de nacimiento de Millie y los papeles del seguro médico, y también los suyos, aunque al mismo tiempo se recordara que no debía dar nada por supuesto.

Después se ocupó de otros asuntos prácticos, como el del contenido de su guardarropa. Sabía por Alexis que los inviernos en Rimnos eran fríos y húmedos, por lo que le vendrían bien pantalones vaqueros, jerseys y la chaqueta forrada de lana. El resto lo daría a una organización caritativa. Comenzó a separarlo.

«Me muero de ganas de volver allí», se dijo mientras metía una falda en la bolsa que donaría, «de estar de vuelta con el hombre al que amo de forma incondicional».

Estaba atando la última bolsa cuando oyó que llegaba un coche y el sonido de la llave en la puerta principal.

«Habrá vuelto de una de sus excursiones», pensó Selena mientras bajaba las escaleras dispuesta a enfrentarse con ella.

–Así que por fin has llegado –dijo su tía en tono ácido–. Y espero que Amelia esté contigo.

–Pues no –Selena se obligó a sonreír–. Tienes buen aspecto, tía. Espero que tu pierna esté completamente recuperada.

–Todavía me duele. Tengo que usar bastón la mayor parte del tiempo. Entonces, ¿dónde está tu hermana?

–En Rimnos, organizando la boda. Y espera que acudas.

Se produjo un silencio que no presagiaba nada bueno.

–Así que pretende continuar con esa locura –la tía Nora respiró hondo–. ¿Cómo lo has consentido, Selena, en contra de mis deseos?

–Porque no he podido evitarlo –contestó Selena alzando la barbilla–. Y ya no quiero hacerlo. Se quieren. Además, hay algo más que debes saber. Yo también he conocido a alguien y mañana me vuelvo a Rimnos para estar con él.

La voz de su tía tembló de furia.

–¿Te atreves a decirme eso, que vas a renunciar a tu plaza en la universidad, a la carrera que te he ofrecido, a todo lo que he hecho por ti? ¡Por Dios, tu ingratitud no tiene nombre!

–He intentado estarte agradecida, pero no lo consigo. Quieres que sea profesora, pero no por el bien de la comunidad, sino como mano de obra barata en tu cara escuela. Y lo hubiera hecho por Millie. Sin embargo, ella ha elegido su futuro y me ha liberado para que yo pueda hacer lo mismo –sonrió–. Y voy a hacerlo. Así que si acabo enseñando, será en los términos que yo decida.

–¡Qué atrevida! Pero te arrepentirás de tus palabras cuando acabe el verano y tu amigo se canse de ti y te ponga de patitas en la calle o, simplemente, vuelva con su esposa.

Hizo una pausa.

–Pero tienes razón: Millie es una causa perdida, por lo que no quiero tener nada más que ver con ella ni con ese campesino griego. Tú, sin embargo, todavía puedes serme útil, y, cuando descubras que has cometido un tremendo error, estaré dispuesta a darte otra oportunidad.

–Lo tendré en cuenta –dijo Selena en tono seco. En su interior, se sentía muy dolida por el comentario sobre la esposa.

Desde luego que no creía que existiera esposa alguna, pero, en ocasiones, había observado que Alexis la miraba con cautela; otras, en que parecía que fuera a decir algo, pero seguía callado.

Cuando le había interrogado al respecto, la respuesta de Alexis siempre había sido la misma: «Estaba pensando en lo hermosa que eres, *agapi mu*».

Lo que era muy agradable de oír, pero no resolvía sus dudas.

«Nadie como la tía para apuntar contra mis inseguridades», pensó con amargura. «Menos mal que no va a tener muchas más oportunidades».

Cuando llegó a Rimnos, estaba nublado, pero seguía haciendo calor. Había enviado un mensaje el día anterior para avisar al hotel de su regreso, pero nadie había ido al recogerla al ferry, por lo que tuvo que acarrear la pesada maleta colina arriba.

No había nadie en el mostrador de recepción cuando entró, así que se dirigió directamente al ascensor y sacó la llave del apartamento del bolso mientras lo llamaba.

Al abrir la puerta del apartamento, la detuvo un inesperado olor a puro. Dejó la maleta en el suelo en el momento en que un hombre alto y fornido, vestido con un traje de lino color crema, cuyo cabello negro estaba salpicado de canas, salió del dormitorio con un puro entre los dedos.

Al mismo tiempo, Selena se percató de que había otro hombre, más delgado y con gafas, sentado en uno de los sofás, con un maletín a su lado.

Durante unos segundos, ella tuvo el absurdo pensamiento de que se había equivocado de planta y se dispuso a disculparse y a salir.

Pero el hombre del puro le habló.

—Usted debe de ser la señorita Blake.

Sus ojos oscuros, bajo unas cejas muy pobladas, la miraron apreciativamente de arriba abajo, lo que la llenó de vergüenza e indignación.

El hombre se volvió hacia el otro.

—Entiendo la atracción, Manoli. La combinación de belleza e inocencia tentaría a un santo —suspiró—. Y como muy bien sabemos, amigo mío, mi hijo no es un santo.

—Lo siento, pero no le entiendo —dijo ella mirando a su alrededor—. ¿Quién es usted? ¿Dónde está Alexis?

—Me llamo Petros Constantinou y este es el abogado de la familia, Manoli Kerolas. En cuanto a Alexis... —se encogió de hombros—. Está en Nueva York que es donde debe estar y donde se quedará de ahora en adelante –le hizo un gesto con el puro–. Siéntese, joven, mientras hablamos.

–Prefiero quedarme de pie –Selena alzó la barbilla desafiante, mientras el corazón le latía a toda velocidad y sentía un frío mortal–. Y no hay nada de que hablar.

El hombre suspiró.

–Háganos un favor a todos y no nos lo ponga más difícil. Acepte que la fiesta ha terminado y siga con su vida. No volverá a ver a Alexis aquí ni en ningún otro sitio. Se acabó.

Sus palabras la golpearon como piedras, pero ella trató de no estremecerse.

–No me lo creo ni me lo creeré hasta que no sea él quien me lo diga.

–Eso no va a ocurrir. A mi hijo se le da muy bien empezar cosas, pero, como acaba de descubrir, no tan bien acabarlas. Prefiere que otros lo hagan por él. Supongo que es una de sus debilidades, al igual que su atracción por las rubias y su vínculo sentimental con esta isla.

El señor Constantinou se calló durante unos segundos.

–Pero la planta de fabricación de aceite de oliva funciona sola, por lo que puede dedicarse a sus negocios que tenía abandonados en Nueva York y a sus deberes familiares.

El hombre sonrió.

–Es indudable que el matrimonio y la paternidad lo animarán a centrarse, por fin, en lo importante de la vida, en vez en pasatiempos, por atractivos que resulten.

–¿Matrimonio? ¿Paternidad? ¿De qué habla?

–Ah, ¿no sabía que Alexis iba a casarse? –la miró

con desprecio–. Pero, ¿por qué iba a estropear una hermosa aventura amorosa haciendo preguntas inadecuadas?

Ella habló con voz ronca.

–No puede hacer eso. Me quiere a mí.

–Estoy seguro de que eso es lo que le ha dicho –contestó el señor Constantinou en tono casi benigno–. Como la mayoría de los hombres, diría lo que fuera con tal de tener a una chica bonita en su cama. Pero está prometido a una mujer a la que conoce desde que eran niños, y la boda se celebrará de inmediato.

Hizo una pausa.

–De hecho, en cuanto haya terminado de resolver asuntos superfluos como es el suyo, señorita Blake –hizo una seña al abogado–. Para evitar a mi futura nuera dolores de cabeza indeseables, necesitamos que nos firme esto.

–¿El qué? –Selena tenía los puños metidos en los bolsillos de los vaqueros y se clavaba las uñas en las palmas, para que ese dolor mantuviera el otro alejado hasta que se quedara a solas.

–El compromiso de que no volverá ponerse en contacto con mi hijo bajo ninguna circunstancia ni a hablar de sus encuentros con él a los medios de comunicación. A cambio, ordenaré que ingresen en su cuenta doscientas cincuenta mil libras esterlinas.

Hizo otra pausa.

–Considérelo una compensación por su decepción, aunque estoy seguro de que no tardará en encontrar a un nuevo protector para sustituir a Alexis.

–¡Cómo se atreve! No voy a firmar ningún maldito papel, y puede quedarse con su sucio dinero. Pero no tiene que preocuparse –tragó saliva para humedecerse la garganta–. ¿Cree que quiero volver a pensar en su hijo ni una sola vez y mucho menos verlo o hablar con él? Si es así, ha perdido el juicio.

Le indicó la puerta.

—Y ahora hagan el favor de marcharse.

—Esto es propiedad de la familia Constantinou, señorita —dijo el abogado—. Es usted quien debe marcharse. Aunque antes puede recoger la ropa o los regalos que el señor Alexis le haya hecho.

Ella se inclinó y agarró la maleta.

—No, pueden quedárselos —y añadió—: No quiero nada de ustedes.

Y consiguió dar media vuelta y marcharse con paso firme, sin ceder al dolor y la pena que la embargaban.

Al salir del ascensor vio a Kostas en la entrada del bar y recordó la razón de que hubiera vuelto a Inglaterra.

Sacó el sobre con los documentos de Millie y su pulsera y se los entregó.

—Son para Millie —dijo con voz calmada.

Él no la miró y habló muy deprisa.

—Siento lo que te ha pasado —dijo antes del entrar en el bar.

Después de aquello, todo resultó muy sencillo. El ferry seguía en el puerto, y cuando Selena llegó al aeropuerto de Mikonos pudo conseguir un billete en un vuelo a última hora de la tarde.

Parecía que incluso las Parcas se habían puesto de acuerdo para librarse de ella.

Compró un billete para Haylesford porque no se le ocurrió qué otra cosa podía hacer.

Sabía que no podía decir nada en su defensa que justificara ese sórdido y espantoso episodio.

Se había lanzado por propia voluntad y sin hacerse

preguntas en brazos de un hombre que estaba a punto de casarse y que la había utilizado y la había plantado sin siquiera atreverse a dar la cara.

Y ella lo había hecho simplemente porque él le había dicho que la quería y ella deseaba desesperadamente creérselo.

No era una excusa que pudiera alegar en su defensa ante su tía, suponiendo que estuviera dispuesta a usarla. Ya se imaginaba la sonrisa triunfal con la que la recibiría.

Cuando el tren se detuvo en Stilbury, la parada anterior a Haylesford, agarró la maleta y se bajó, obedeciendo a una impulso inexplicable.

Buscó un hotel barato para pasar la noche. Al día siguiente sacó todo el dinero de su cuenta para pagar el alquiler de una minúscula habitación y encontró un trabajo de camarera a tiempo completo, lo cual suponía muchas horas, aunque podía quedarse con las propinas.

No era un trabajo maravilloso, pero era un trabajo. Porque trabajar era la respuesta, la fórmula mágica que le permitiría olvidarse de Grecia y de todo lo que allí había sucedido.

En esos momentos de desesperación, creyó que sería posible.

Capítulo 10

Y ALLÍ estaba, de nuevo a bordo del ferry, que ya se aproximaba a Rimnos. Sintió el calor de la barandilla a través de la ropa al apoyarse en ella y cerró los puños.

Hasta el momento en que se subió al avión, se había dicho que no tenía que hacer aquello, que todavía podía cambiar de idea. Pero la había decidido la posibilidad de acercamiento a Millie.

Kostas le había dicho que las cosas habían cambiado, y tenía razón. El puerto se había ampliado y había más yates que pesqueros.

Más allá de ellos, observó el edificio blanco en la cima de la colina con la esperanza de que hubiera cambiado, de que fuera irreconocible o, preferiblemente, que lo hubieran demolido y, con él, los recuerdos asociados a él.

Pero sabía que no tendría esa suerte, que ni siquiera habría un cartel que anunciara que había cambiado de propietario, lo cual le hubiera supuesto un alivio.

Kostas la esperaba cuando desembarcó e insistió en llevarle la bolsa de viaje.

–Me alegro de verte. Amelia se pondrá muy contenta.

La taberna de Kostas estaba al otro extremo del puerto. Tenía tiestos de geranios y toldos rojos y blancos. Todas las mesas exteriores estaban ocupadas.

Selena pensó en cómo habría conseguido el dinero para comprarla, pero parecía que la apuesta había resultado provechosa.

Cruzaron el bar para llegar a la cocina, donde Anna Papoulis estaba sacando una gran bandeja de musaka de uno de los hornos. Su sombría expresión habitual se acentuó al ver a Selena y no contestó a su saludo.

«No ha cambiado», pensó Selena mientras seguía a Kostas por unas escaleras hasta el primer piso.

Su habitación, situada al final de un estrecho pasillo, daba al patio trasero, lleno de cubos y cajones de embalaje. Era pequeña, con una cama, cubierta con una fina manta roja, un estrecho armario y una alfombra.

«Da igual», se dijo. «No voy a quedarme mucho tiempo».

De pronto, recordó alarmada que eso era lo que había dicho cuando llegó a la isla por primera vez, y el desastre que se había producido después.

Pero eso había sido entonces. Ahora era una persona distinta.

Kostas dejó la bolsa en la cama y la miró ansioso.

—¿Vienes a ver a mi pobre Amelia?

—Para eso estoy aquí —dijo ella sonriéndole.

Pero la sonrisa se le evaporó cuando fue con Kostas a su dormitorio y vio a Amelia, envuelta en una bonita bata azul, sentada en una gran cama, con un plato con un racimo de uvas a medio comer y sin ningún signo de hallarse a las puertas de la muerte.

—Ah —dijo Millie dejando la revista que estaba leyendo—. Ya estás aquí. Empezaba a pensar que habías cambiado de opinión —la miró con los ojos como platos—. ¿Qué te has hecho en el cabello?

—Me lo he cortado. Hola, Millie.

Fue a sentarse en el borde de la cama.

–Creí que estabas enferma.

Millie hizo una mueca.

–Lo estoy. Nunca me había sentido tan mal. No dejo de vomitar, pero la bruja de abajo no me compadece. Cree que debiera seguir sirviendo mesas. Le estaría bien empleado que vomitara encima de los clientes.

Y añadió:

–Por eso quería que vinieras, porque pensé que me entenderías. O tal vez tú has sido una de las afortunadas que no tiene náuseas.

Hacía calor en la habitación, pero Selena sintió un frío glacial. «Una de las afortunadas...».

Trató de hablar con voz firme.

–¿Me estás diciendo que estás embarazada, Millie?

–Por supuesto, naturalmente –se llevó un grano de uva a la boca–. Lo único que puedo comer es fruta. Es una pesadilla.

«No», pensó Selena, al tiempo que se le contraía el corazón. «Soy yo la que está teniendo una pesadilla. Después de todo lo sucedido, ¿cómo me hace esto?».

Se levantó.

–Creo que las náuseas se acaban después del primer trimestre, a no ser que tengas muy mala suerte. De todos modos, no se trata de una emergencia –se dirigió a la puerta–. Espero que te vaya bien.

–¿Adónde vas?

–Me vuelvo a Inglaterra. ¿Adónde voy a ir?

–Pero si acabas de llegar –protestó Millie–. Además no se trata solo del bebé, Lena –dijo con voz quebrada al tiempo que se arrodillaba en la cama–. Tenemos problemas muy graves, por lo que necesitamos tu ayuda.

Selena comenzó a sentirse inquieta. Su instinto le decía que se fuera, pero vaciló.

–Supongo que se trata de dinero. Sin embargo, parece que la taberna va bien.

–Así es, lo cual empeora las cosas.

–¿Qué es lo que empeora las cosas?

Millie estaba sofocada y tenía los ojos llenos de lágrimas.

–Saber que nos han estafado y que puede que lo perdamos todo: la casa, la taberna... Todo.

Se lanzó llorando sobre la almohada.

Selena volvió a acercarse a la cama.

–No llores, Millie –dijo con suavidad–. Tienes que calmarte. Hazlo por el bebé. Dime por qué os han estafado.

Su hermana tragó saliva.

–La taberna no era del hombre con el que Kostas llegó a un acuerdo. Ahora, el verdadero dueño quiere que se la devolvamos.

Selena la miró sorprendida.

–¿Y vuestro abogado no puso en duda el título de propiedad?

Millie apartó la vista.

–Lo hicimos de forma privada. No teníamos abogado.

–Pues ahora necesitáis uno –observó Selena mientras se preguntaba si Kostas estaba loco.

Millie seguía sin mirarla.

–Esperábamos que nos ayudaras.

–Eso es ridículo –dijo Selena exasperada–. Voy a ser profesora. No sé nada de leyes.

–Pero si hablas con el dueño, puede que le convenzas de que cambie de opinión.

–¿Por qué iba a hacerme caso?

–Porque es Alexis Constantinou. Ha vuelto, está en el hotel y quiere verte.

–Me habéis mentido los dos. ¿Cómo habéis podido?

Se enfrentó a ellos con el cuerpo rígido y la mente conmocionada por el impacto. Otra traición...

Millie la miró suplicante.

–Si te hubiéramos dicho la verdad, no habrías venido. Y estamos desesperados. No tenemos a nadie más a quien recurrir.

–Entonces, nada ha cambiado. No voy a ir a verlo –pero añadió–: ¿Está solo?

Kostas miró al suelo.

–Aquí, sí. Fuera de aquí, ¿quién sabe?

Un profundo dolor se apoderó de Selena indicándole que sus intentos de superar el pasado habían sido inútiles, que seguía siendo la idiota ingenua y crédula que se tragaba todo lo que le contaban.

La que incluso se había atrevido a soñar...

Hasta que el padre de Alexis había hecho caer la venda de sus ojos y le había mostrado cómo era en realidad su hijo.

–¿Estáis seguro que es él y no su padre quien quiere verme?

–¿Qué tiene que ver su padre en todo esto? –preguntó Millie. Kostas, en cambio, permaneció en silencio.

Parecía culpable, pensó Selena, aunque ser imbécil no era un delito ni un pecado mortal.

Sin embargo, ¿por qué quería enfrentarse a ella Alexis, después de haberla arrancado de manera brutal de su vida?

La amenaza de arruinar a Kostas y a Millie la ponía en un aprieto.

Si se negaba a ver a Alexis, sería él quien ganaría. De hecho, la oferta de negociar tenía que ser un truco. Sabía con exactitud cómo reaccionaría ella y la consideraría culpable de que Kostas y Millie se quedaran sin hogar.

Pero ella no lo consentiría, se dijo con determinación. No iba a dejar que Alexis creyera que lo asustaba enfrentarse a él. Su orgullo la ayudaría a hacerlo.

–No llores más, Millie. No es bueno para el bebé. Hablaré con él, si hace falta, pero no te prometo nada. Estoy segura de que ya tiene sus propios planes.

Miró a Kostas, que seguía evitando su mirada.

–¿Ha dicho dónde y cuándo?

Kostas carraspeó.

–Todavía no.

El instinto decía a Selena que era evidente que había algo más que lo que aparecía a simple vista, pero, de momento, tuvo que conformarse.

–Muy bien –dijo al tiempo que se dirigía a la puerta–. Voy a ducharme y a descansar un rato, ¿de acuerdo?

Ellos murmuraron su asentimiento y Selena se fue.

La ducha la refrescó, pero, después, fue incapaz de relajarse.

Seguía sin poder creerse lo que estaba sucediendo. Le resultaba increíble que Alexis tuviera la desfachatez de tratarla así, de añadir un insulto a la terrible herida que le había infligido.

Por si no tenía bastantes pruebas, aquella era una más de que ella nunca le había importado, pensó, mientras intentaba resistirse a la oleada de dolor y pesar que amenazaba con invadirla de nuevo.

Todo el cariño y la ternura que él le había demostrado habían sido únicamente una artimaña para engatusarla, llevársela a la cama y proporcionarle diversión sexual hasta que su mundo lo reclamara y se marchara.

Él tenía que haber sabido lo que ella sentía. ¿Le había divertido hacer que ella reconociera que le había entregado su corazón además de su cuerpo?

¿Ese intento de conseguir su propio placer había estado siempre presente, bajo su encanto y atractivo, pero ella, embobada, no había sido capaz de verlo?

¿Pudiera ser que la severa actitud de Eleni hubiera sido un intento de prevenirla antes de que todo el daño estuviera hecho?

Selena se había hecho esas preguntas miles de veces, hasta que decidió que había llegado la hora de dejar de buscar respuestas y seguir adelante, en la medida en que se lo permitieran sus circunstancias. Había creído que lo estaba logrando.

Pero allí estaba de nuevo, atormentada y con la certeza de que sus heridas seguían en carne viva.

Pensó que cuando volviera a ver a Alexis tenía que ocultar, sobre todo, la fotografía que se apoyaba en la botella de agua sobre la mesilla de noche.

La tomó y examinó, con el corazón lleno de ternura, el pequeño rostro sonriente de vivos ojos castaños.

–Ya falta poco, cariño –dijo en voz baja– para que siempre estemos juntos. Te lo prometo –besó la fotografía y volvió a ponerla en la mesilla.

No esperaría a que él la llamara. Al día siguiente, tomaría las riendas de aquel asunto e iría a ver a Alexis para demostrarle que estaba dispuesta a luchar.

Alegando que estaba cansada del viaje, se acostó pronto con la intención de planear su estrategia.

Sin embargo, le resultó difícil concentrarse, desnuda bajo la sábana, mientras escuchaba la música que le llegaba de la taberna y que hacía que recordase, contra su voluntad, las largas noches comiendo, bebiendo y bailando bajo las estrellas.

Se volvió a ver dando palmas para seguir el ritmo de la música mientras observaba a Alexis bailar con otros hombres, con más gracia y virilidad que cualquiera de ellos, antes de que ella y del resto de las mujeres tuvieran que formar una larga fila con ellos. Y se reían sin aliento al tiempo que se agachaban y giraban entre las mesas, llenos de felicidad sin complicaciones.

Y recordó cómo, más tarde, su cuerpo se movía a un ritmo distinto en brazos de Alexis hasta alcanzar un placer tan profundo que casi era doloroso.

Se dio cuenta de que se estaba excitando con el recuerdo, que los pezones se le habían endurecido.

Se tumbó boca abajo y apretó el rostro contra la almohada.

–¡Maldito sea! –exclamó, dolorida, en la oscuridad–. ¡Maldito sea por toda la eternidad!

–Así que –dijo Selena– necesito algún documento, algo que demuestre que comprasteis la taberna de buena fe y que tenéis derecho a una compensación.

–No queremos ninguna compensación –observó Millie– sino quedarnos con el local. Además, no creo que haya documento alguno. Kostas afirma que fue un acuerdo privado.

–Eso mismo me dijo a mí –Selena miró a su hermana–. Millie, tengo que saber lo que Kostas y tú no me habéis contado.

–No hay nada que no te hayamos contado, de verdad –dijo Millie levantándose–. Voy a la compra antes de que haga más calor. Necesitamos pepinos.

Selena la detuvo.

—Los traeré yo cuando vuelva. Quédate y descansa.

—¿Estás segura de lo que vas a hacer? —preguntó su hermana mientras se volvía a sentar—. ¿No sería mejor que esperaras a que Alexis te mandara llamar?

—No —Selena le sonrió—. Y deja de preocuparte.

Recorrió el puerto y subió la colina hasta el hotel, igual que había hecho la primera vez, tantos meses atrás.

Stelios estaba en la recepción cuando entró. Alzó la vista y le sonrió.

—Señorita Blake.

Ella se obligó a sonreír a su vez.

—*Kalimera*, Stelios. ¿Está el jefe? Tengo que hablar con él, pero, si está ocupado, volveré más tarde.

«¿Lo haré?», pensó. «O, si tengo que esperar, ¿perderé el poco valor que me ha hecho venir y huiré? Pero no puedo huir. Tengo que llegar hasta el final, pase lo que pase.

—No, la verá ahora —Stelios llamó por la línea del hotel—. La estaba esperando.

Subieron los dos en el ascensor. Ella se obligó a respirar lentamente y recordó por qué estaba allí mientras repasaba mentalmente lo que iba a decir.

Estaba allí para enfrentarse a sus demonios y vencerlos de una vez por todas.

—El señor Alexis está desayunando —dijo Stelios mientras abría la puerta del apartamento y la conducía al interior.

—*Efjaristó* —dijo ella.

—*Parakaló* —contestó él antes de cerrar la puerta tras de sí.

Selena cruzó el salón y entró en el dormitorio. Evitó mirar la cama deshecha.

La puerta del balcón estaba abierta y Alexis, descalzo y con las piernas al aire, con un albornoz blanco que hacía resaltar su bronceada piel, se hallaba sentado en el balcón tomando café. En un plato sobre la mesa se veían los restos del desayuno: fruta, pan y mermelada de cereza.

Ella avanzó lentamente y él la miró con los ojos entrecerrados.

Su rostro parecía más delgado, pensó Selena, con los rasgos más acentuados. Y, sobre todo, tenía aspecto de cansado.

—*Kalimera* —dijo al tiempo que le indicaba la silla frente a él—. ¿Quieres café?

Ella se sentó.

—Solo hay una taza.

—¿Y eso qué importa cuando hemos compartido tanto?

Era evidente que no le iba a poner las cosas fáciles a Selena.

Lo miró a los ojos, que brillaban burlones.

—Pero de eso hace ya mucho tiempo.

—Sin embargo, estás aquí, lo cual me complace mucho.

Ella alzó la barbilla.

—He venido únicamente a negociar, nada más.

—¿Nada más? ¿Estás segura?

Y, de repente, el discurso que ella había ensayado, los argumentos que había elaborado, se le borraron de la mente.

Y, en su lugar, le hizo la pregunta que se había prometido no plantearle.

—¿Por qué no me dijiste que te ibas a casar?

—Porque esperaba que no fuera necesario.

Mientras ella trataba de entender, Alexis añadió:

–¿Por qué te has cortado el cabello?

«Un cabello como los rayos de la luna».

–Por comodidad.

–¡Qué sacrilegio!

Selena recordó de pronto que la peluquera le había preguntado si estaba segura. Ella había asentido y se había mirado las manos cerradas con fuerza en el regazo, mientras los mechones caían al suelo.

Respiró hondo.

–Creo que debemos hablar del problema de la taberna Amelia.

–Las dificultades de tu hermana y del inútil de su esposo pueden esperar. Solo las he utilizado como excusa para que vinieras –su sonrisa la dejó helada–. Tenemos que hablar de una deuda personal.

–¿Qué deuda? No te entiendo.

–Me debes un hijo, querida Selene. ¿O creías que no iba a enterarme?

Ella lo miró sin aliento, con el cuerpo rígido del shock.

¿Cómo lo había averiguado?, se preguntó desesperada. ¿Cómo se había enterado de su embarazo y de lo que había sido del niño?

Se dio cuenta de que no era tensión lo que había visto en su rostro, sino furia. Dirigida, por increíble que pareciera, hacia ella.

–No sé... No sé a qué te refieres –contestó con una voz que le resultó irreconocible.

–No me mientas con esos hermosos e inocentes ojos –dijo él con voz dura–. Con esos ojos que me hicieron creer que, por fin, sería posible amar y confiar. ¡Qué estúpido fui!

Se calló durante unos segundos.

–Dime, ¿era mi hijo, o mi hija, el bebé que entregaste con tanta despreocupación a unos desconocidos?

¡Por Dios! ¿Cómo le hacía eso? ¿Cómo podía describir así la decisión más dura que había tomado en su vida?

—Alexis, tienes que escucharme.

—Te escucho. Espero una respuesta. ¿Es niño o niña?

—Niño —Selena agachó la cabeza, aterrorizada porque fuera a derrumbarse delante de aquel frío desconocido.

«Cuando nació, tuvieron que sedarme porque estaba histérica. Era incapaz de dejar de llorar y de llamarte a gritos. Después, me quedé sola y tuve que concentrarme en seguir viva, en mantener unidos mi cuerpo y mi alma, cuando lo que quería era morir», pensó.

Lo miró, con miedo de lo que él pudiera adivinar.

—Si era eso lo que querías saber, ¿puedo irme ya?

—Te marcharás cuando te dé permiso.

Ella lo miró sobresaltada.

—Verás, querida Selena, te quedarás conmigo hasta que me des otro hijo para sustituir al que abandonaste con tanta rapidez. De ese modo saldarás tu cuenta conmigo. ¿Me he expresado con claridad?

Capítulo 11

LA DISTANCIA entre ellos parecía haber aumentado. Era insalvable y aterradora.

–No hablas en serio –dijo ella con voz ronca–. El pasado, pasado está y no podemos cambiarlo. Tenemos que mirar hacia delante y seguir con la vida que hemos elegido y –añadió con dificultad– con la gente que hemos elegido.

–¿Te refieres a tu novio inglés? –dirigió una mirada sardónica a sus manos desnudas–. Si sigue contigo, no parece tener prisa en casarse.

Ella pensó que no era el momento de decirle que esa persona no existía ni había existido.

–No, hablaba de tu esposa.

–No estoy casado.

–Ah, ¿te has divorciado? –¿por qué se lo preguntaba?

–No, no me he divorciado porque no estaba casado. Rompí el compromiso.

–No te entiendo.

–No te pido que lo hagas –observó él encogiéndose de hombros–. Solo requiero tu cooperación, como ya te he dicho.

Ella se levantó.

–Solo he venido a hablar del problema legal de la propiedad de la taberna Amelia para intentar llegar a un acuerdo.

–Siéntate y escucha –Alexis esperó hasta que ella se hubo sentado–. No hay problema alguno. Kostas sabe que la taberna y el terreno en que se alza son míos, y quiero que me los devuelva.

Ella trató de luchar contra la consternación que la embargaba y de hablar con seguridad.

–Pues, en algún momento, lo engañaron. Al menos se merece que le devuelvas el dinero de la compra.

Él la miró con desdén.

–Es a ti a quien han engañado querida Selene, porque no pagó nada. Y ahora has venido a pedirme que me muestre compasivo y que detenga el procedimiento de desahucio contra él y su esposa encinta –hizo una pausa y añadió en tono sardónico–: Sois una familia muy fértil.

«No le hagas caso», pensó ella mordiéndose el labio inferior con fuerza.

–Pero Kostas trabajaba para ti. Lo animaste a casarse con Millie. ¿Por qué te has vuelto contra él?

–Vuelves a equivocarte. Ha sido Kostas quien se ha vuelto contra mí.

Selena ahogó un gemido.

«Lo sabía», pensó. «Sabía que pasaba algo».

–¿Por qué iba a hacerlo?

–Se imaginó que, al casarse con tu hermana, conseguiría una posición de privilegio con respecto a mí. Tuve que demostrarle que se equivocaba, por lo que decidió vengarse.

–¿Y puedo saber lo que hizo?

Él se encogió de hombros.

–¿Por qué no? Al fin y al cabo, te concierne.

–¿A mí?

–Por supuesto. No disponía de ninguna otra arma.

Se había enterado de mi compromiso y de que mi padre me presionaba para que me casara con la chica.

–Con tu novia de la infancia.

–No lo era –dijo él con desdén–. Pero ¿qué más daba una mentira más cuando ya se habían dicho muchas? Es cierto que la había visto una par de veces de niño. Su padre, Ari Sofiakis, fue socio de mi padre en los primeros tiempos de Constantinou Corporation. Katerina era la niña de los ojos de su padre, mimada, caprichosa y detestable, y no había mejorado durante los años transcurridos. Lo único que le interesaba en la vida eran las revistas de moda, los bombones y la cirugía estética. No teníamos nada en común.

–Entonces, ¿por qué accediste a casarte con ella?

–No lo hice. Me lo presentaron como un trato cerrado, que rechacé de plano. Al principio, mi padre sostuvo que la familia Sofiakis se sentiría gravemente ofendida, a lo que le contesté que tendría que haberme pedido mi consentimiento antes de actuar. Fue entonces cuando me dijo la verdad. Años antes, había sobornado a funcionarios para obtener lucrativos contratos para nuestras empresas. Ari Sofiakis lo sabía, y mi boda con Katerina era el precio de su silencio. Por entonces, su padre ya sabía que los rumores del carácter extravagante y de las rabietas de su hija habían disuadido a posibles pretendientes, por lo que estaba desesperado por encontrar un esposo rico para ella. Y a no ser que yo accediera a serlo, mi padre sería juzgado y, muy probablemente, acabaría en la cárcel, lo que sería una catástrofe para Constantinou International y, de rebote, para mí, el único hijo de Petros Constantinou.

–Pero eso es un chantaje por ambas partes –dijo ella con voz temblorosa.

–Desde luego –confirmó él al tiempo que se encogía de hombros–. Se me presentaban dos opciones, ambas intolerables, y decidí, contra mi voluntad, proteger a mi padre. Por eso accedí al compromiso matrimonial. Pero dejé muy claro que la boda tendría que esperar. Ya me había comprometido a intentar proteger Rimnos de las peores consecuencias de la crisis económica, y nada iba a interferir en ello. Dije a la familia Sofiakis que, si Katerina estaba de acuerdo en que la boda fuera íntima y apresurada, aceptaría que viniera conmigo a la isla a compartir las privaciones que nos esperaran.

Alexis sonrió y añadió:

–Era una propuesta segura, ya que sabía que Katerina no estaría dispuesta a abandonar Manhattan para ir más allá de Cape Cod. Después de que su madre y ella montaran varias escenas de histerismo, la boda se pospuso. Antes de mi partida, contraté un equipo de detectives para que investigaran a Ari Sofiakis. No albergaba esperanzas de que encontraran nada, ya que el hombre tenía fama de ser honrado en los negocios. Además, era muy religioso y contribuía generosamente a muchas causas benéficas. Al mismo tiempo, encargué a mis abogados que me hicieran totalmente independiente de Constantinou International. Había aprendido la lección.

–¿Y encontraron algo los detectives? –preguntó ella.

–Sí. Cuando casi había abandonado toda esperanza, lo encontraron en su actuación benéfica, en una pequeña e insignificante organización, dirigida por unas monjas, para ayudar a los inmigrantes a adaptarse a la vida estadounidense, y a la que el señor Sofiakis, varios amigos suyos y otros miembros destacados de la comunidad, hacían generosas donaciones.

Entre ellos no se encontraba mi padre. A los investigadores les pareció extraño. Cuando lo estudiaron más a fondo, descubrieron que las monjas hacía tiempo que se habían ido y que habían vendido la casa. Y que los inmigrantes, casi todos ilegales, pero todos ellos hermosas mujeres, eran caras prostitutas, de las que Ari era fiel cliente. Me llamaron a Atenas para darme la noticia, y me fui directamente a Nueva York para verlo, sin saber que mi padre, también había estado ocupado. El señor Sofiakis accedió a dar por concluido el compromiso matrimonial, pero tuvo que inventarse un motivo que aplacara a su esposa y a su hija. Casi me dio lástima.

Su expresión se endureció.

—Solo hasta que mi padre me dijo que mi relación contigo también se había acabado y que debía buscarme otra novia en nuestra comunidad. Al decirle que solo me casaría contigo, me aconsejó que no perdiera el tiempo. Me dijo que eras una codiciosa mujerzuela y que te habías vendido por un cuarto de millón de libras. Su abogado incluso me enseñó un documento que habías firmado, en el que te comprometías a renunciar a mí y me felicitabas por haber «escapado a tiempo» —las últimas palabras las pronunció con desagrado.

—¿Y te lo creíste?

—De mi padre tal vez hubiera desconfiado, pero no tenía motivos para dudar de Manoli, su abogado. Había ido a la universidad con su hermano menor y consideraba amigos a los miembros de su familia.

—Mientras que yo solo era una amiga con la que te acostabas —afirmó ella con desdén—. Una entre muchas.

—Si esperas que me disculpe por mi pasado, no voy a hacerlo.

Sus miradas se encontraron, y ella fue la primera que apartó la vista.

—¿Cómo descubriste la verdad sobre el dinero?

—Meses después, mi padre despidió a Manoli. Para entonces, yo ya me había separado de Constantinou International y le ofrecí trabajo. Me confesó que habías rechazado la compensación económica y que mi padre había firmado el documento en tu lugar, con la seguridad de que yo no conocería tu firma y de que estaría en estado de shock y no me haría preguntas sobre su validez. Le dije a Manoli que la oferta de trabajo seguía en pie e inmediatamente volé a Inglaterra para buscarte en la ciudad donde tu tía tiene una escuela.

—¿Viste a la tía Nora? —preguntó ella con voz ronca.

—Sí y, además, tuve que aguantar sus reproches: que te habías negado a aceptar su ayuda y su apoyo, y que el odio que sentías por mí te había hecho rechazar al niño después del parto.

Y añadió con amargura:

—Podría decirse que debiera dar las gracias a Kostas por hacerme ver tu verdadero rostro. Pero no puedo estarle agradecido.

Selena estaba mareada. Trató de tomar aire a bocanadas y se esforzó en no derrumbarse tras aquel nuevo golpe. Tenía que centrarse en hallar una salida de aquella pesadilla.

No saldría ilesa, ya que se llevaría la ira de Alexis y sus acusaciones como una herida, pero se marcharía con el respeto por sí misma intacto.

—Sin embargo, lo has utilizado para hacerme venir.

—Si lo hubieras sabido, ¿habrías venido? —vio que ella apartaba la vista y Alexis asintió—. Eso es lo que me temía.

Pero ¿era eso verdad? ¿Cuántas veces se había imaginado ella que estaba frente a él haciéndole las preguntas que la atormentaban?

«No puedo decírselo», pensó con pesar, «porque no me atrevo a que se dé cuenta de que las respuestas a dichas preguntas siguen importándome; a que entienda que él me sigue importando, a pesar de todo».

—Entonces, debo decirle a Kostas que ha perdido su hogar y su medio de vida.

—Creo que ya lo sabe —volvió a encogerse de hombros—. Su tiempo en Rimnos ha acabado.

Se quedó en silencio mientras la observaba. Después añadió:

—Y ahora, ¿nos centramos en negociaciones más personales?

—No hay nada de que hablar —Selena lo miró desafiante—. No tengo ninguna intención de cooperar, como dices tú. La idea me repugna, como debiera repugnarte a ti.

—¡Cuánta indignación! Pero solo soy práctico. Soy un hombre soltero que necesita un heredero. Te pide que me lo proporciones. Si hubiera sabido que ya lo habías hecho, te hubiera inducido a que me lo entregaras, en lugar de abandonarlo a toda prisa en manos de desconocidos.

—No lo abandoné. Antes de que naciera, vivía en una habitación, trabajaba a tiempo parcial y recibía ayudas sociales —Selena tragó saliva—. Tardé mucho más de lo habitual en... recuperarme después del parto. Fue entonces cuando el niño se fue a vivir con otra familia.

—¿No se te ocurrió contactar conmigo, su padre?

—No porque, pensé, según lo que me habían dicho,

que por entonces estarías casado. No quería entrometerme en tu nueva vida.

–¡Cuánta nobleza! –Alexis la examinó con los ojos entrecerrados–. Y cuánto debes haber lamentado haber rechazado el dinero de mi padre.

–Nunca lo he hecho.

–¿Te diste por satisfecha simplemente con dejar que tu bebé se fuera?

«¿Satisfecha? Si el corazón pudiera partirse dos veces, el mío lo habría hecho».

–Fueron otros los que tomaron la decisión por mí.

–Muy conveniente. Pues voy a decirte lo que yo he decidido. Que seas un vientre de alquiler. Después del parto, adoptaré legalmente al niño y dejaré que te vayas. De nuevo libre de cargas. Aunque, naturalmente, te pagaré por tus servicios.

Ella lo miró temblando de incredulidad y de creciente ira ante la forma en que la trataba.

–Muy generoso de tu parte –dijo con una voz vibrante de desprecio–. Pero espero que no te limites a ofrecerme doscientas cincuenta mil libras, como tu padre. Mi precio sería al menos el doble de esa cifra.

Se produjo un largo y tenso silencio. Alexis permaneció inmóvil mientras la miraba como si no la hubiera visto nunca.

–Vaya, has conseguido sorprenderme. Pero ahora sabemos dónde estamos. Te pagaré lo que me pidas, aunque te aconsejo que no dejes que te gane la codicia. ¿Trato hecho?

Ella respiró hondo.

–No, no hay trato ni lo habrá, canalla. ¿Cómo has podido pensarlo siquiera? – se puso en pie sollozando sin poder evitarlo–. Eres vil y despreciable. Ojalá no te hubiera conocido.

Alexis también se levantó y avanzó hacia ella, quedándose a una distancia demasiado cercana para que ella se sintiera cómoda o segura, pues le llegó el cálido y conocido aroma de su piel, que hizo que revivieran en ella recuerdos dolorosos, además de peligrosos.

–¿En serio? –preguntó él con voz dura–. Ojalá pensara yo lo mismo, pero no puedo, ni siquiera ahora.

Si se acercaba más, Selena sabía que estaría perdida.

«Tranquilízate», se dijo. «Y vete».

Pero cuando llegó a la puerta, él, que la había seguido, le puso la mano en el brazo.

Ella retrocedió y dijo entre dientes:

–No me toques.

–Perdona, pero hay algo que debo saber –había una nota extraña, casi angustiosa en su voz–. ¿Cómo se llama mi hijo?

Ella se tragó las lágrimas.

–Alexander –contestó con voz ronca. Y huyó.

–¿Me has pedido ayuda sabiendo lo que hiciste?, ¿sabiendo que me arruinaste la vida?

Estaban solos en el bar. Millie descansaba en el piso de arriba y la señora Papoulis se había ido a comprar los pepinos que, al final, Selena no le había llevado.

Kostas parecía apesadumbrado.

–Estaba enfadado porque le había pedido al señor Alexis dinero para comprar una taberna y me lo había negado. Me dijo que, si quería casarme, debería trabajar y ahorrar, no pedir prestado lo que tal vez no pudiera devolver.

Se golpeó el pecho con el puño.

–En ese momento, hizo que me sintiera menos que un hombre, y decidí que lo lamentaría. En su casa, oí hablar a Eleni y a Yorgos, sin que ellos supieran que los escuchaba, de la boda que su padre había planeado para él en Estados Unidos y del problema que se produciría si el señor Petros se enteraba de que el señor Alexis tenía una amiga con la que se acostaba que le había robado el corazón.

Ella se estremeció.

–Así que se lo contaste.

–Sí. Me prometió que me recompensaría. Yo solo quería el dinero que el señor Alexis me había negado, pero él me ofreció esta taberna, que no era suya. Me engañó.

–No esperarás que te compadezca –observó ella en tono glacial.

–No espero nada. Mi vida ha acabado –la miró suplicante–. Por favor, no le digas a Amelia que soy el culpable de que lo hayamos perdido todo. No soportaría que lo supiera.

–Creo que ella prefiere la sinceridad –Selena se quedó en silencio durante unos segundos–. Lo mejor será que tome el ferry de la tarde –«por si acaso Alexis viene a buscarme», pensó.

Ese pensamiento la llenó de pánico y desolación.

–Pero si te marchas así, tu hermana se hará preguntas –Kostas le lanzó otra mirada suplicante–. Quédate un poco más. Hazlo por ella.

–Solo hasta mañana.

–Te lo agradezco –Kostas suspiró–. Esperaba que convencieras al señor Alexis de que me perdonara, para que Amelia y yo conserváramos nuestro sueño.

«¿Y qué hay de mis sueños, de mis esperanzas, de mi pérdida?», quiso gritarle. «¿Y del precio que he pagado y sigo pagando? Solo veo a mi niño una vez a la semana y algún fin de semana. Y sus padres de acogida hablan de adoptarlo, por lo que tendré que luchar para poder quedarme con él».

Respiró hondo.

–Creo que tendréis que comenzar de nuevo y trabajar en serio en otro sitio –se levantó–. Voy a ver si Millie está dormida.

Dormía como un tronco, según vio desde la puerta de la habitación. Fue a la suya, se sentó en el borde de la cama y miró al vacío.

Su encuentro con Alexis la había desequilibrado. ¿Le habría resultado menos duro si se hubieran visto en terreno neutral en vez de donde lo habían hecho, tan lleno de recuerdos para ella?

En el dormitorio de Alexis, desde cuyo balcón se veían los prados y, más allá, el mar, y desde donde, por la noche, ella veía la luna rielando en el agua.

La habitación donde una cálida tarde habían concebido a su hijo.

Recordó que se había despertado de un sueño delicioso y había extendido el brazo buscando a Alexis. Pero no había nadie en la cama. Se levantó, desnuda, y fue a buscarlo.

Estaba en el cuarto de baño. Tenía el pelo húmedo porque se había duchado y una toalla enrollada en las caderas. Se estaba acabando de afeitar.

La vio por el espejo y le sonrió. El brillo de sus ojos le demostró lo mucho que le gustaba su imagen desnuda, enmarcada en la puerta.

Ella se le acercó, lo abrazó por la cintura y apretó el rostro contra la cálida piel de su espalda mientras aspiraba el olor a jabón. Después fue descendiendo por su columna vertebral a base de besos.

Le quitó la toalla y la tiró al suelo para acariciarle las fuertes nalgas y los musculosos muslos.

Oyó que él dejaba caer la cuchilla en el lavabo. Con el cuerpo tenso por sus caricias, Alexis se inclinó hacia delante y se agarró al borde.

Ella siguió besándolo mientras deslizaba una mano entre sus muslos y le acariciaba con la punta de los dedos antes de tomar en ella su rígida masculinidad y acariciársela hasta hacerlo gemir.

Él se dio la vuelta y la levantó como si fuese tan ligera como una pluma. La situó a la altura de sus caderas y la penetró de una sola embestida.

Selena lo abrazó por el cuello y enlazó las piernas en sus caderas. Unieron sus bocas y enredaron sus lenguas en un silencio únicamente interrumpido por su respiración y el roce de la piel contra la piel, mientras ella cabalgaba exigente y desafiante, aferrándolo con sus músculos, invitándolo a continuar, tomándolo más y más profundamente.

Sintió cómo él explotaba, cómo alcanzaba el clímax en su interior.

Después, consiguieron llegar a la cama y estuvieron tumbados un rato besándose suavemente. Al final, Alexis se irguió sosteniéndose sobre un codo y la miró al tiempo que le apartaba un mechón del rostro húmedo de sudor.

—No era mi intención que pasara eso –dijo en voz baja.

Ella le lanzó una mirada inquisitiva, casi ansiosa.

—¿Lo lamentas?

—No –dijo él volviendo a besarla–. No, ángel mío, de ninguna manera –sonrió compungido–. Pero quería que estuviéramos protegidos.

Semanas después, cuando ella comenzó a tener náuseas matinales, se dio cuenta, como él lo había hecho en su momento, de que había sido la única vez que habían hecho el amor sin protección.

A causa de ello, tuvo que enfrentarse, totalmente sola, a los momentos más terribles y dolorosos de su vida.

Capítulo 12

VUELVE a hablar con él, Lena, por favor. Dile lo que sea, pero que te escuche –Millie tenía un aspecto horrible. Estaba muy pálida y tenía los ojos hinchados.

Selena se mordió los labios. Había acordado con Kostas que le diría a su hermana que había intentado hacer entrar en razón a Alexis, pero que este se había mostrado completamente intransigente.

Su preocupación ante la posibilidad de que Alexis se presentara en la taberna para volver a hacerle su propuesta había resultado infundada, pero era lo único positivo que hasta el momento había ocurrido.

–El pasado, pasado está, Millie, y debes aceptarlo. Y, abajo, los clientes esperan para cenar. Así que, lávate la cara y baja antes de que a tu suegra le dé un ataque.

–¿Para qué? –preguntó Millie con desesperación–. En cualquier caso, vamos a perderlo todo.

Selena se levantó y dijo sin alterarse:

–Porque tenéis que comenzar de nuevo y, para ello, os vendrá bien todo el dinero que podáis ganar, incluyendo el de las propinas. Como me pasó a mí.

Cuando, a la mañana siguiente, Selena bajó a la taberna, Kostas estaba barriendo.

Vio la bolsa de viaje que ella llevaba y frunció el ceño.

—¿De verdad que te marchas?

—Fue lo que te dije.

—El director de hotel te ha traído esto —fue a la barra y volvió con un sobre—. Espero que sea del señor Alexis y que te diga que se lo ha pensado mejor.

—Creo que la edad de los milagros pasó hace tiempo —Selena tomó el sobre y salió para leerlo mientras Kostas la miraba ansioso desde la puerta.

La nota era breve:

Retiro el trato que te propuse. No tienes nada que temer de mí. Te deseo lo mejor.

Y firmaba con su inicial.

—¿Quiere volver a verte? —preguntó Kostas.

—No, solo se despide.

Releyó la nota con el corazón desbocado mientras se preguntaba qué habría hecho cambiar de opinión a Alexis.

Probablemente, consideraciones de tipo práctico. Un día conocería a alguien con quien querría casarse, y un niño adoptado y nacido de una supuesta madre de alquiler en otro país suponía tener que dar muchas explicaciones.

¿O acaso había decidido aceptar la negativa de ella?

Selena pensó: «Se acabó. Soy libre».

Entonces, ¿por qué no daba saltos de alegría?

Peor aún, ¿por qué se sentía de repente tan perdida y asustada?

«Porque me esperan tiempos difíciles», se dijo. «Tengo que buscar un piso de dos habitaciones que no sea caro y en el que permitan que vivan niños. Después, informar a las autoridades de que tengo un empleo a tiempo completo, por lo que Alexander ya no necesitará vivir en régimen de acogida, sino que podrá hacerlo conmigo».

«Al fin y al cabo, me he perdido buena parte de su infancia».

Se mordió los labios al pensar que no había sido la única.

«No puedo hacerle esto a Alexis», pensó. «Con independencia de lo que opine de mí, no puedo marcharme y dejarlo sin nada».

Dobló la nota y la metió en el bolso.

–¿Puedo dejar aquí mis cosas, Kosta? Tengo que hacer algo antes de marcharme.

Stelios se hallaba en la terraza delantera del hotel hablando con una pareja de ancianos. Cuando se marcharon, él se volvió hacia ella y su sonrisa se evaporó. Le habló en tono formal.

–Señorita Blake, ¿qué desea?

–Tengo que ver al señor Alexis. Dígale que es importante.

–No está aquí, señorita. Anoche volvió a su casa y dentro de unas horas se irá a Atenas. No sé cuándo volverá.

–¿A su casa? –repitió ella mientra calculaba el dinero en efectivo que llevaba–. ¿Puede llamarme a un taxi?

Él la miró asombrado.

–Solo hay uno en la isla, propiedad de Takis, que hoy ha ido al funeral de su tío.

–Entiendo. Bueno, no importa –dio media vuelta sintiéndose vencida.

–Señorita Blake, creo que tal vez importe, y mucho. Si me permite, la llevaré.

–No puedo pedirle que lo haga.

–No me lo ha pedido. Me he ofrecido yo. Vamos.

Al acercarse a Villa Helios, Selena vio que el helicóptero estaba fuera del hangar y que esperaba en la pista.

–Ya es tarde –dijo casi para sí misma.

–No, no –la tranquilizó él–. Todavía están trabajando en el aparato y sometiéndolo a revisión. Hay tiempo.

Eleni les abrió la puerta. Tenía los ojos rojos.

–El señor Alexis no está –contestó a la pregunta de Stelios–. Ha ido a una reunión y no sé cuándo volverá.

Selena dio un paso al frente.

–Eleni, veo que está disgustada. ¿Qué ha pasado? ¿Le ha ocurrido algo a Penélope?

–Mi hija está en Nueva York con la señora Constantinou. Cuando se cierre la casa, Hara y yo nos reuniremos con ella.

–¿Cuando se cierre la casa? Creí que el señor Alexis había nacido aquí.

–Así es, señorita, y su madre sentirá mucho que haya tomado esa decisión. Le encanta esta casa y esperaba que sus nietos nacieran en ella –Eleni suspiró–. Me lo dijo muchas veces.

–Entonces, ¿por qué va a cerrarla el señor?

–Porque afirma que su vida ahora está en Estados Unidos, que aquí no le queda nada –miró a Selena con pesar–. Es otro hombre, señorita Blake.

–Sí, eso parece.

Stelios le preguntó:

–¿Quiere volver al pueblo?

–Supongo que será lo mejor –se volvió hacia Eleni–. ¿Sabe dónde tenía la reunión el señor Alexis?

–No. Se subió al todoterreno y se fue.

A Selena, la cabeza le daba vueltas mientras acompañaba a Stelios al coche. Intentaba entender lo que le acababa de comunicar Eleni: la casa se cerraba y Alexis se marchaba de la isla para siempre.

Al mismo tiempo, pensó en todo lo sucedido entre ambos sabiendo que debía ser totalmente sincera consigo misma.

Debía reconocer que había esperado que la frialdad y el desprecio de Alexis serían una especie de salvación para ella porque la liberarían de la angustia de quererlo, de la inútil esperanza de que tuvieran un futuro juntos, y la obligarían a aceptar que su relación había acabado de verdad.

Pero allí estaba de nuevo, atrapada en un laberinto desconcertante porque ahora había otras preguntas para las que necesitaba respuestas.

Se daba cuenta de que, sin ellas, no tendría paz.

Murmuró para sí:

–Debo hallarlas.

Y, de pronto, cayó en la cuenta de adónde habría ido Alexis.

Stelios no estaba dispuesto a dejarla en el camino que bordeaba los bosques de olivos.

–Señorita Blake, este lugar es muy solitario. Vaya a ver el templo de Apolo, si lo desea, pero yo la esperaré aquí.

–No hace falta –dijo ella mientras se bajaba del coche–. Estoy segura de que no me resultará solitario en absoluto.

«Puede que difícil», pensó. «Tal vez, al final, imposible».

–La esperaré, de todas maneras, durante media hora, por si acaso se equivoca –dijo él.

Pero, tal como se había imaginado ella, el todoterreno se hallaba aparcado en el sitio habitual.

Hizo buena parte del camino corriendo, por lo que llegó a las ruinas sin aliento.

Alexis se hallaba apoyado en una de las columnas mirando el mar, inmóvil y solitario.

Selena bajo la cuesta mientras pensaba que no estaba allí para hacer planes para el futuro, sino para aceptar las derrotas del pasado.

Alexis estaba tan sumido en sus pensamientos que no se percató de su llegada hasta que ella lo llamó. Él se volvió bruscamente, casi a la defensiva.

—Si has venido a despedirte, no hace falta que lo hagas. Pensaba que me había expresado con claridad en la nota —dijo él con voz dura.

—Con claridad meridiana, pero creo que debemos aclarar ciertos asuntos, ya que no quiero que nos separemos así, cuando todavía nos quedan cosas que decir.

—¿Quieres que me disculpe por el trato que te propuse? Muy bien. Fue una propuesta vergonzosa. ¿Era eso lo que querías oír?

—No. Aunque me pareció detestable lo que dijiste, era casi comprensible, si consideramos lo que te contaron —Selena negó con la cabeza—. No sabía que mi tía me odiaba hasta ese punto.

—¿Quieres decir que mintió?

—Sí. No me puse en contacto con ella cuando volví a Inglaterra. Supongo que por cobardía, pero me veía incapaz de soportar lo que ya sabía que me diría. Y, de todos modos, mi intención era marcharme de esa casa. Me instalé en una ciudad más grande, a pocos kilómetros, donde nadie me conocía. Pero, meses después, una conocida de mi tía de Haylesford cenó en el restaurante en que yo trabajaba y le contó que me había visto, que estaba bien y que había engordado. Así que mi tía fue a comprobarlo. Se sentó a una mesa, en un rincón, y me estuvo observando toda la noche. Cuando salí, me estaba esperando para atacarme.

Alexis dio un paso al frente con expresión iracunda.

–No físicamente –se apresuró a explicar ella–. Me chilló, me insultó llamándome prostituta, al igual que a Millie, y cosas peores. Había perdido los estribos y usaba un lenguaje que yo no sabía que conociera. Me gritó que la había deshonrado, que había dañado su reputación para siempre, que no podría volver a salir a la calle con la cabeza alta –Selena intentó sonreír–. Incluso me dijo que había criado dos víboras en su casa.

–Continúa –la animó Alexis.

–Había algún transeúnte. Un hombre se acercó y me preguntó si estaba bien o si quería que llamara a la policía. Mi tía se calmó un poco y comenzó a hablar de forma muy razonable. Me dijo que llevaba poco tiempo embarazada, por lo que sería fácil acabar con el embarazo. Ella me lo pagaría en una clínica privada de Londres y, después, yo podría volver a la universidad, acabar mis estudios y dar clases en su escuela, tal como siempre había planeado.

Se estremeció.

–Era mejor que me gritase. Cuando le dije que no iba a abortar, sino a tener al bebé, se quedó inmóvil. Al final, me dijo que tenía veinticuatro horas para recuperar el juicio y que, en caso contrario, lo lamentaría. Que se acabaría todo contacto entre nosotras; que le daría igual que mi hijo ilegítimo y yo nos muriéramos de hambre; y que cambiaría el testamento para que ni Millie ni yo viéramos un céntimo de su dinero –Selena volvió a intentar sonreír–. La amenaza definitiva.

–A la que no hiciste caso –dijo él.

–No –ella suspiró–. Millie se enfureció al enterarse y dejó de hablarme. Era evidente que creía que debiera haber aceptado abortar. Pero ahora que está embarazada, es probable que me entienda.

–Pero el que no te entiende soy yo. Si tuviste la opción, ¿por qué esperaste hasta que el niño naciera para librarte de él?

Ella tragó saliva.

–No fue así. Después del parto, estuve muy mal. Tuve una crisis nerviosa y los médicos y asistentes sociales creyeron que no estaba en condiciones de cuidar de mí misma ni, mucho menos, de un bebé. Y probablemente tuvieran razón. Así que accedí a que lo llevaran a un hogar de acogida hasta que me recuperara, encontrara trabajo y pudiera proporcionarle un hogar. Pero, a pesar de que no volví a ver a mi tía ni a saber nada de ella, debió de encargar que me vigilaran y se enteró de todo.

–Así que cuando fuiste a su casa, concibió la forma perfecta de vengarse. Y la puso en práctica.

Se produjo un silencio.

–¡Por Dios! –dijo él finalmente–. No somos afortunados en nuestras relaciones, querida Selene. ¿Son buena gente quienes cuidan de Alexander?

–Los Talbot. Sí, son buenos y amables. Son estrictos con el régimen de visitas, pero tratan con cariño al niño, tal vez con demasiado cariño, por lo que lo pasarán mal cuando lo recupere.

Y añadió tartamudeando levemente:

–Pero no tanto como lo he pasado yo sin él todo este tiempo, sin verlo crecer y aprender, habiéndome perdido su primera sonrisa, la aparición de su primer diente y sus primeros pasos.

Metió la mano en el bolso.

—Teniendo que depender de esto —le entregó una fotografía—. Quiero que te la quedes. Es uno de los motivos por los que he venido.

Él contempló la fotografía totalmente inmóvil, durante varios segundos. Al fin, dijo:

—Vas a llevarlo a vivir contigo.

—Ha sido mi intención desde el principio, pero tenía que demostrar, entre otras cosas, que podía encontrar un empleo fijo, que ya tengo, y un lugar decente para vivir. Estoy en ello.

Ella titubeó al tiempo que se le aceleraban los latidos del corazón.

—Y, para cuando lo tenga, te propongo un trato: que tengas derecho a ver a tu hijo y a que él te vea dondequiera que vivas; que participes en las decisiones sobre su educación, bienestar y futuro; que seas su padre.

Se produjo un largo silencio y él apartó la vista.

—Eres muy generosa, pero tengo que negarme.

Ella se quedó conmocionada.

—¿No...? ¿No quieres verlo ni estar con él? No lo entiendo.

—Cuando nos conocimos, te conté que, cuando mis padres se separaron, me tuve que dividir para estar con los dos. Recuerdo que mi madre lloraba cuando el coche venía a buscarme y teníamos que despedirnos. Más tarde me di cuenta de que temía que, un día, mi padre decidiera quedarse conmigo y pidiera la custodia exclusiva. Me juré que nunca le haría eso a mi hijo ni a su madre.

—Pero tú no eres tu padre, Alexis. Sé que me puedo fiar de ti.

—¿Cómo lo sabes? —volvió a mirarla, pero esa vez

con furia–. Te he ocultado la verdad, me he creído las mentiras que me han contado sobre ti y te he hecho una propuesta que era insultante. Ni siquiera yo me reconozco a mí mismo.

—Creí que podríamos dejar todo eso atrás y comenzar de nuevo por Alexander.

—Dime una cosa —se acercó a ella y le puso las manos en los hombros mientras la escrutaba–. ¿Por qué te negaste a poner fin a tu embarazo?

—No lo sé. No me pareció correcto —trató de soltarse de sus manos–. Suéltame, por favor.

—No. Te estás evadiendo. Insisto en que me digas la verdad, o no habrá esperanza para nosotros.

Ella habló con amargura.

—¿Así que quieres la verdad? Pues aquí la tienes.

Tragó saliva mientras las lágrimas le corrían por las mejillas.

—Porque pensaba que el bebé, esa cosita que crecía en mi interior, era parte de ti, lo único que me quedaba. Y no podía soportar la idea de perderlo.

—Y cuando nació, me sentí tan desgraciada porque no lo conocerías ni lo abrazarías que quise morirme —la voz se le quebró.

Alexis la abrazó.

—No llores —le susurró–. Mi querida niña, ahora estás conmigo y no dejaré que te vuelvas a marchar.

—Pero el que te vas eres tú —sollozó ella contra su hombro–. Cierras la casa y te marchas a Estados Unidos.

—Porque no soportaba estar aquí sin ti. Todo me traía recuerdos de ti. He intentado con todas mis fuerzas dejar de quererte, *agapi mu*. Me dije que podía utilizarte y despedirte después sin sentir emoción alguna. Hacerte sufrir como yo lo había hecho. Sin embargo, cuando ayer saliste al balcón, me di cuenta de que era imposible, de que sería como arrancarme el corazón. Y pensé en todo lo que había hecho para que me odiaras.

–Hoy he venido aquí para despedirme por última vez, pero, en vez de ello, he comenzado a pensar que el nombre que le has puesto a nuestro hijo podría implicar que aún te importo un poco, que no debía perder la esperanza.

–Y yo –dijo Selena– no entendía por qué habías cambiado de idea y decidido dejar que me fuera. Y necesitaba saberlo, por lo que tomé la fotografía como excusa para buscarte.

–Y, por supuesto, sabías dónde estaría.

–Sí –Selena, de pronto, recordó algo–. Stelios me está esperando en el camino.

–No, lo más probable es que haya vuelto a casa para contar que voy a quedarme después de que volvamos de Inglaterra con nuestro hijo. Así que, ¿te saltarás las normas y vivirás conmigo hasta que el padre Stéfanos nos case?

–Creo que sí –contestó ella con los ojos aún húmedos, pero con una sonrisa radiante. –*S'agapo*, Alexis. ¿*M'agapas*?

–Para toda la vida, Selene –inclinó la cabeza y comenzó a besarla lenta y suavemente al principio, como una promesa de futura felicidad, mientras se tumbaban en la hierba, abrazados y riendo sin aliento.

Epílogo

ABÍA sido una fiesta maravillosa, pensó Selena, mirando con ojos soñadores por la ventana del salón la creciente oscuridad exterior.

Se habían puesto mesas en los jardines repletas de comida y bebida; había habido música y baile y toda la población de Rimnos había acudido para celebrar no solo el primer aniversario de su boda con Alexis, sino para desearle salud y felicidad en el nacimiento inminente de su segundo hijo.

Había habido excepciones, desde luego. Anna Papoulis no había ido, y Kostas solo había hecho acto de presencia para llevar a Millie y a Dimitri, su bebé, y recogerlos al final de la fiesta.

Aunque Alexis había permitido que se quedaran con la taberna, era evidente que Kostas seguía sintiéndose incómodo ante su poderoso cuñado.

Millie, por el contrario, no tuvo queja alguna por la ausencia de su suegra.

—Maldita bruja— masculló—. Te lo digo en serio, Lena: es una pesadilla. Cada vez que pongo a Dimitri en la cuna para que se duerma, o si el bebé hace el más mínimo ruido, lo saca inmediatamente. Así que, ahora, eso es lo que él espera, y se pone a chillar como un poseso si no recibe atención inmediata.

Dirigió la vista al otro lado del patio, donde, Maria Constantinou, la madre de Alexis, estaba sentada tranquilamente con Alexander en el regazo. Los dos estaban muy ocupados con el cuento que ella le leía.

—No sabes la suerte que tienes —comentó Millie.

—Todo lo contrario: lo sé perfectamente —contestó Selena.

Estaba hecha un manojo de nervios cuando Alexis la llevó a Estados Unidos por primera vez a conocer a su madre, que vivía en una gran casa en Long Island. Inmediatamente descubrió que no había habido necesidad alguna de preocuparse, ya que la señora Constantinou había salido corriendo a su encuentro y la había abrazado mientras sonreía entre lágrimas de alegría.

«Por fin», había dicho. «Por fin me trae Alexis una hija a quien querer».

Desde el principio se había portado de maravilla con Alexander. No se desanimó al ver su expresión seria y perpleja ante tantos desconocidos y en un entorno extraño, y consiguió hacerlo salir de su caparazón y que la llamara «yaya».

Cuando se marcharon de Long Island, Alexander ya reconocía que el alto joven que lo llevaba a hombros, le enseñaba con infinita paciencia a nadar y jugaba con él a la pelota era «papá».

Y que «mamá» ya no era la mujer triste y callada que iba a verlo todas las semanas en la otra casa, que se estaba convirtiendo en un recuerdo lejano, sino alguien que cantaba, reía y lo abrazaba, además de hacer ruidos maravillosos con su padre a la hora del baño.

También había aprendido que una visita a la cocina, tanto en la casa de Estados Unidos como en la de Rimnos, se veía recompensada por sonrisas de oreja a oreja, besos y caricias y alguna delicia recién horneada.

Alexander no había tardado en darse cuenta, pensó Selena con ternura, que las cosas le iban bien, por lo que Selena estaba agradecida. Y asimismo lo estaba porque no se hubieran cumplido las airadas predicciones de los Talbot, que habían insistido en que el niño se quedaría traumatizado si prescindían de sus cuidados. Pero el amor que lo había rodeado desde el primer día los había contrarrestado y había convertido la aceptación por parte del niño de su nueva vida en un pequeño milagro.

Selena se llevó la mano al cuello y jugueteó con el colgante de diamantes que Alexis le había puesto solo tres horas antes.

«Un pequeño recuerdo, amor mío, de este año maravilloso», le había susurrado mientras la besaba en la nuca.

El único punto de desacuerdo que habían tenido se había producido cuando Selena propuso que si el bebé era un niño, debieran llamarlo, siguiendo la tradición, Petros, como su abuelo por parte de padre, a lo que Alexis se había negado en redondo.

—Pero, cariño, sigue siendo tu padre —protestó ella—. Con independencia de lo que haya hecho, no querrás que vuestra separación sea eterna. Además, si damos nosotros el primer paso, nos situaremos por encima de él en el plano moral.

—Dudo que sepa lo que es eso —contestó él con una mueca—. Y el bebé será niña, me lo dice el corazón.

Si era una niña, la llamarían Maria, decisión a la que llegaron conjuntamente y que había hecho que la señora Constantinou derramara lágrimas de felicidad.

—Así que estás aquí, *agapi mu*.

Ella se sobresaltó al oír la voz de su esposo.

Alexis se le acercó por detrás y la abrazó por la cintura para posar las manos en su vientre.

–Creí que Nicos te había dicho que descansaras.

–Quería ver salir la luna.

–La veremos juntos. Y, después, debes obedecer a tu médico.

–¿Sigue Nicos aquí?

–Está en el comedor tomándose un café con mi madre. Me ha pedido que te diga que le ha preguntado a Alexander si prefería un hermanito o una hermanita, y le ha contestado que quería un burro.

Ella soltó una risita.

–No habla de otra cosa desde que nació el burrito de los Stefanides.

–Podría preguntarle a Taki si quiere vendérmelo. Le diremos a Alexander que es un regalo del bebé –Alexis hizo una pausa–. ¿Cómo está el pequeño?

–Muy tranquilo, para variar. Y parece que ha cambiado de postura. Pero me duele la espalda. Probablemente he estado de pie mucho tiempo. Te agradecería que me dieras un masaje después.

–Será un placer –la besó en la cabeza y se quedaron callados durante un rato, felices de estar juntos, hasta que ella se removió bruscamente.

–¿Qué te pasa?

–Es la espalda, pero creo que no se trata de un simple dolor –respiró hondo–. Creo que voy a tumbarme mientras vas a decirle a Nicos que tengo contracciones muy seguidas. Y avisa también a tu madre y a Eleni.

–¡Por Dios! –exclamó él con voz ronca al tiempo que la tomaba en brazos y la llevaba al dormitorio.

Después de haberla dejado en la cama y haberla ayudado a desvestirse, dijo:

–Esto no debiera estar pasando aquí. Debería haber insistido en que nos quedáramos en Estados Unidos, donde hubieras recibido los mejores cuidados.

–Como serán los de Nico –ella le acarició la mejilla con dulzura–. Quiero que el bebé nazca aquí, como lo hiciste tú, rodeada de mis seres queridos. Es importante parta mí –añadió con voz temblorosa.

–Amor mío –dijo él inclinándose para besarla.

Cuando se quedó sola, Selena se sintió extrañamente tranquila.

Un día perfecto, había dicho Alexis, y aquel sería un perfecto final totalmente inesperado.

Las contracciones aumentaban de intensidad, por lo que intentó relajarse y respirar. Cada una la aproximaba un poco más al momento en que tendría a su nuevo hijo en los brazos.

Un bebé concebido en una tarde mágica, mientras el sol de principios del otoño doraba las columnas del templo.

«Nuestra pequeña Maria», pensó, «o tal vez sea Petros al final. Tendré que confiar en Apolo».

Y sonrió.

Bianca

Él quiere una esposa de verdad...

Perdita Boyd tenía que salvar el negocio de su familia para proteger a su padre enfermo. ¿Pero qué podía hacer si el único inversor era Jared Dangerfield? ¡Su esposo!

Muy enamorada, se había casado con Jared en secreto, pero el matrimonio nunca fue consumado porque en la noche de bodas lo encontró en la cama con otra mujer.

Jared había vuelto para vengarse de aquellos que le tendieron la trampa, para recuperar su negocio y... también a su esposa.

OTRA NOCHE DE BODAS

LEE WILKINSON

Acepte 2 de nuestras mejores novelas de amor GRATIS

¡Y reciba un regalo sorpresa!

Oferta especial de tiempo limitado

Rellene el cupón y envíelo a

Harlequin Reader Service®
3010 Walden Ave.
P.O. Box 1867
Buffalo, N.Y. 14240-1867

¡Sí! Por favor, envíenme 2 novelas de amor de Harlequin (1 Bianca® y 1 Deseo®) gratis, más el regalo sorpresa. Luego remítanme 4 novelas nuevas todos los meses, las cuales recibiré mucho antes de que aparezcan en librerías, y factúrenme al bajo precio de $3,24 cada una, más $0,25 por envío e impuesto de ventas, si corresponde*. Este es el precio total, y es un ahorro de casi el 20% sobre el precio de portada. !Una oferta excelente! Entiendo que el hecho de aceptar estos libros y el regalo no me obliga en forma alguna a la compra de libros adicionales. Y también que puedo devolver cualquier envío y cancelar en cualquier momento. Aún si decido no comprar ningún otro libro de Harlequin, los 2 libros gratis y el regalo sorpresa son míos para siempre.

416 LBN DU7N

Nombre y apellido	(Por favor, letra de molde)

Dirección	Apartamento No.

Ciudad	Estado	Zona postal

Esta oferta se limita a un pedido por hogar y no está disponible para los subscriptores actuales de Deseo® y Bianca®.
*Los términos y precios quedan sujetos a cambios sin aviso previo.
Impuestos de ventas aplican en N.Y.

SPN-03   ©2003 Harlequin Enterprises Limited

Amores fingidos
Sarah M. Anderson

Ethan Logan no conocía el fraca-so, pero hacerse con la cervecera Beaumont le estaba resultando difícil. Para triunfar, iba a tener que tomar medidas drásticas, incluyendo pedirle matrimonio a la atractiva pelirroja Frances Beaumont.

Frances no estaba dispuesta a casarse con un completo des-conocido sin conseguir nada a cambio, pero una vez que Ethan aceptara sus términos, confiaba en que aquella farsa se desarro-llara sin problemas. Ella nunca había creído en el amor, y siem-pre había hecho lo que había querido con los hombres que habían pasado por su vida, pero un beso de su presunto prometido lo cambió todo.

Era el plan perfecto, hasta que se dio cuenta de que la quería por algo más que por negocios.

Bianca

Aunque la química entre ellos seguía siendo tan intensa como siempre, ¿superarían ilesos su tempestuoso reencuentro?

El mundo de Angelina se tambaleó cuando Lorenzo Ricci irrumpió en su fiesta de compromiso exigiéndole que cancelara la boda porque seguía casada con él. Dos años atrás, ella había abandonado al temperamental italiano para proteger su corazón, pero, dado que el negocio de su familia estaba en juego, tendría que aceptar las condiciones de su marido...

Lorenzo estaba dispuesto a hacer lo que fuera para que su esposa volviera al lecho matrimonial y le proporcionara un heredero. Incluso cancelaría su deuda si le devolvía el préstamo en... deseo.

REENCUENTRO CON EL DESEO

JENNIFER HAYWARD